U0626796

散装时间

梁鸿鹰————

著

北京出版集团
北京十月文艺出版社

目录

赵丽宏

写出埋藏在心底的隐秘

——《散装时间》代序

梁鸿鹰是有影响的文学评论家，但他的写作，并不局限于文学评论，他的散文和诗歌，也以深邃真挚的情感和独特的表达被读者关注。现在我们看到的，是一本短篇小说集。作为小说家，梁鸿鹰也许还不怎么被读者熟悉，但我相信，如果读了《散装时间》，会认识一位风格卓然的小说家。

这本小说集收录了九个短篇小说，都是梁鸿鹰的近年新作。其中的大部分篇章，我曾经在刊物上读过。收在一本书中集中再读时，感觉又读出了新意，对作为小说家的梁鸿鹰，有了新的认识。

我曾听一位小说家说过，小说就是用故事慢慢填满作品要展示的时间和空间。说得简单，要做好，做得跌宕曲折，引人入胜，谈何容易。小说如一个时间的容器，让蕴涵故事和人物活动的时光在文字中慢慢喷涌流逝。但小说又不同于沙漏，沙漏记录的时光，永远以不变的节奏，不紧不慢地流失。小说家无法脱离时间超越时间，但可以用有魔力的笔，改变时间的流速。梁鸿鹰小说中的时间，就不断改变着流速，时而如小溪缓缓流淌，时而如江河汹涌而来，有时也会凝固，把一些重要的瞬间放大，变成定格的特写，让读者停留在这里，为之惊叹震撼。小说集中的第一篇《时间里被安排的一切》，为读者展现的就是小说主人公人生中的一段段时间，其中有慢镜头，有快放，也有静止的定格。这些不同时间形态的交织叠合，勾画出一个敏感多思的孩子的童年生活，还有映现在时间光影中形形色色的人物。

小说中总是有一个叙述者，故事的场景和人物的心境，随着叙述视角的改变而不断变换，这也是好小说的迷人之处。梁鸿鹰小说的叙述视角，不是固定的，他在小说中不断地变换着视角，时而远观，时而近察。正如他自己所言："我试图用不同方法或途径抵达自己想要讲述的地方。"如果是用全能视角叙述，我们会发现一个敏感、细腻、极富想象力的叙述者，他不慌不忙地描绘着人物的语言举止，描述着故事中瞬息万变的情景，也不忘记发表议论，甚至引经据典，联想起古今中外的哲人和文学家的格言。这时，让人想到这个叙述者，是一个评论家。如果梁鸿鹰的小说都是这样的叙述视角，作品就会有局限。但这样的叙述，只是小说的一个视角。他的小说中有着非常丰富的叙述视角，不同的人物都会以自己的视角出现在小说中，表达自己的所见所思，这就使情景变得极为丰富，人物的性格和形象也更为立体。这不是简单的技巧，而是一个小说家非同寻常的想象力和才华的体现。如《滔滔不绝》，是书中很特别的一篇。小说除开头和结尾是作者的简单叙述，全篇都是小说主人公"老张"滔滔不绝地自说自话。这是一个失去儿子和家庭的精神病人的疯言疯语，却在倒豆子般纷乱快速的叙述中，展示出极为丰富的人物活动和故事情景。这使人想起鲁迅的《狂人日记》，通篇呓语，却生动勾勒出一个阴森压抑的世界。

福斯特在《小说面面观》中谈到小说的故事和情节的关系。如果小说只有故事而无情节，那不会是高境界的小说。故事，只是简单根据时间的顺序陈述事件，而情节，则道出了事件的因果关系，表现出世情的幽邃和人性的曲折。梁鸿鹰的小说，不是简单直白地按时间的顺序交代故事的进展，他小说中的每一个人物，都有曲折的心路历程，而这样的历程，总是通过很多情景和细节，细腻而逼真地得以呈现。小说中的人物，常常给人一种非虚构的感觉，小说中出现很具体的年代，出现很多真实的历史事件，而人物就活动在这样真实的年代和历史背景中。但这些人物，还是虚构的，这让读者对故事中的人物，对围绕着他们的情节，多了一些探究的兴趣，在这些小说人物身上，真实和虚构到底是怎样的一种关系。《午后的故事》和《苏雅姐姐》都是一个孩子视野中发生的故事，懵懂的眼神和感觉，欲言又止的表情、言语和场景背后藏着一个孩子无法理解的人间隐秘，人性的美好、阴暗和曲折，都蕴涵其中。这两篇小说，让我联想起屠格涅夫的《初恋》，也是一个孩子眼中的成人世界，虽然是完全不同的故事，却因类似的情景和感受，给人异曲同工之感。《小芳与兰兰的流水》是一个成年后的女子对童年的回溯，小说中两个人物的经历有重合有分岔，人生的遭遇纷纭而枝蔓横生。小说似乎充满了琐碎庸常的细节，却有一种逼真迷人的气息弥漫其间。《孰能无情》写的是一个中学老师的一段下乡支教的生活，没有戏剧性的故事，没有噱头和悬念，只有安静的观察、平静的讲诉，是对边远小城日常生活的描述，是老师和学生之间真实的交流。但是读这些文字，却让人感动，为什么？因为这样的小说，不是简单地讲故事，而是用朴素的情景，表达着深挚的感情。是作者的真诚感动了读者。关于小说情节的来源，梁鸿鹰在谈创作体会时有非常好的说明："我小心翼翼地从那些烟尘般的生活片段中翻捡写作的素材，哪怕细碎得可以忽略不计的东西，也会使我欣喜万分，正是一些细枝末节，推动我抵达叙事的彼岸，也得益于小说这个文体的自由，无中生有也好，空穴来风也罢，所见所闻、道听途说及凭空捏造，都可以让纷至沓来的细节化为故事，让在生活中体悟到的，以往记忆浮现出来的，搭建为更有说服力的文学结构。"

在生活中，梁鸿鹰是一个重情重义的人，他珍惜亲情，珍惜友情，珍惜生命中一切让他难忘的记忆。而他的小说源头和种子，正是这些记忆。他借助于小说中人物的念头，表达出自己的看法："你自小就倾向于做一个观察者，你的脑海里有一只巨大的听筒，善于捕捉并倾听别人的声音，你愿意收集一切支离破碎的印象和声响，愿意在密闭的小宇宙里孕育自己的情感，滋养自己的想法。"梁鸿鹰认为："一篇小说可以源于记忆中的某个事件，更多的时候肇始于人物。长在心里的人物，是小说之芽。""记忆里的一粒粒微小的种子，就会逐渐发芽、长大，开出意想不到的花朵。"那些童年的记忆，那些印象深刻的人物，那些留在脑海中的难忘瞬间，就是这些"小说之芽"，在梁鸿鹰心中不断成长，最终在他的小说中开出了绮丽的花朵，结出了奇妙的果实。

梁鸿鹰说："一个作家的内心，其人生与作品的关系，外人很难加以破译。……小说让人发挥想象力，揭示出埋藏在心底的那些隐秘。"读这本小说集，我们可以循着小说中形形色色人物的音容笑貌和人生轨迹，发现很多隐秘。在小说家笔下，这些被公开的隐秘，已经成为艺术，成为时代的影子，成为人性的雕像，给读者带来幽远丰富的启迪。

2023年7月17日 于四步斋

自　序

时间被散装，被人生各个阶段的发条限制与驱动，最终汇为不回头的河流，等待小说登场。看过许多小说，原本未曾想过写小说，但终于有一天，我觉得自己非得写写不可了，又似乎是一种必然。

　　小说的酵母是生活，写小说的念头产生于写作过程之中。近几年散文写得多了，对文字的认知、对技艺的感悟，便深化了不少，总觉得自己应该走些新路、探索出新的写法，不能在自己既往走过的轨道上来回重复。再就是深深感到，文学是想象力的艺术，叙事离开想象力的加持，必然走向平淡，散文即使再有想象，也是受限的，不能跨越事实性的真实，而小说则可以天马行空，心理的和实相的真实，都可以借助小说的想象来实现。我最初写那些关于故乡、亲人的回忆性文字，沉湎于回顾过往、徜徉旧日时光的时候，逐渐意识到，散文所要求的真实性，限制了我想表达的意境和意念，越写就越想突破限制，不由自主地调动小说笔法，以想象、夸张和变形去抵达想要表达的境界。虚构、幻想和想象等小说的技艺，保证了我笔下的文字可以任意无中生有，抵达自己需要抵达的地方。逾越散文叙事伦理，踏入更为自由的疆界，必然要迈入小说。在小说这个更加自由的王国里，虚构完全代替并压倒真实记忆，即使脑海里的一点记忆残渣，也可以化为很好的出发点，引发文字从容向前推进，一路发现更多心理的、情感的、自我的、他人的景致，抵达文学所需要的那种自洽性。

我小心翼翼地从那些烟尘般的生活片段中翻捡写作的素材，哪怕细碎得可以忽略不计的东西，也会使我欣喜万分，正是一些细枝末节，推动我抵达叙事的彼岸，也得益于小说这个文体的自由，无中生有也好，空穴来风也罢，所见所闻、道听途说及凭空捏造，都可以让纷至沓来的细节化为故事，让在生活中体悟到的，以往记忆浮现出来的，搭建为更有说服力的文学结构。

一旦进入小说叙事这个魔域，记忆里的一粒粒微小的种子，就会逐渐神奇地发芽、长大，开出意想不到的花朵。任何文学创作都无法摆脱对"我是谁""从哪里来""到哪里去"等问题的思考，过去、现在、记忆、生活，如同自己的皮肤一样，日日夜夜跟随着你，让你无法摆脱。小说让人发挥想象力，揭示出埋藏在心底的那些隐秘，比如关于你出生那一天的情形，如果没有任何一个亲人向你透露过，你会怎样书写。我写下《时间里被安排的一切》，动用回忆、书信、对话等形式，去虚构一个个场景，让曾经与我父母来往密切的亲戚、朋友一一登场，尽兴表演，他们以各自的音容、言语和行为，拼出一幅幅画面，让支离破碎的猜测趋于完整，完成一次文学追溯、推导和破译。

　　一篇小说可以源于记忆中的某个事件，更多的时候肇始于人物。长在心里的人物，是小说之芽。《午后的故事》来源于母亲的一个女同事。她年轻漂亮，独自带个孩子，不善言辞，总是安安静静的，谁也没有见过她的丈夫，有一天大家忽然发现她精神失常，披头散发，不思饮食，胡言乱语，人们议论她，为她叹息。在我幼时的记忆里，她太漂亮、太温柔、太亲切，我始终不愿意接受她精神失常这个事实，所以在小说里没有把她写成"疯子"，而是把她写得善解人意，对孩子们很亲切很友爱。我不用辩解小说里的"我"不是小时候的我，当然也不是真实的我，如果是散文，就不得不承认这种对身份的某种指认。通过小说，我向这位漂亮而温柔的女老师致敬，她的天真、无邪、单纯，深深影响了我。我写她的苦恼，她的心里话，那些只能在少不更事的孩童面前才能表达的缜密的心思。在我看来，唯其如此，才能凸显出她内心的复杂与丰富，她那值得珍爱的完整。我无意于表达所谓"人性深度"，而她的美好，她的"无深度"，深深烙在了一个孩子的记忆里的个别性独特性，才是我想表达的。

《滔滔不绝》得自我小时候经常在县医院大院里看到的一个精神失常的中年人。他年龄并不大，但在小孩子的眼里老得近似一个老头子了。这个经常披一件长大衣、面对围拢身边的小孩子们上下古今说个不停的人，看上去无忧无虑，活得潇洒自如，不用看任何人的眼色，但他变身为这个样子，肯定是有秘密的，于是我虚构并展开了他坎坷的身世，让人们看到一个人生活的艰难。而《苏雅姐姐》《小芳与兰兰的流水》则以中学校园里的熟人作为主人公原型，还原了对昔日中学校园的记忆。《雨夜，响起枪声》是将家乡流传的一个某军副军长的故事，与我国侦破大师邬国庆的一段人生经历嫁接起来组合而成的。

当然，自身经历在小说里也是一个依据，比如《孰能无情》，得自我的支教经历，小说中作动员报告的区领导就是已故中国记协负责人，小说中那个苦命而执着的写作者，曾经拥有"世界上最小的货位"、靠在我们家乡的一个大广场上卖杂货为生。我和她只有过一面之缘，在她的作品研讨会上，她静静地听着大家对她的夸赞和评论，面无表情，其实可能内心波澜起伏。一个人的作品也许说明不了什么问题，或者只能部分说明一小部分问题。一个作家的内心，其人生与作品的关系，外人很难加以破译。

故事的讲法，是决定小说成败的关键之一。我试图用不同方法或途径抵达自己想要讲述的地方。《滔滔不绝》用的是独白，《午后的故事》是三段拼接，故意以"不确定""不牢靠"叙事去增强小说的叙事张力和吸引力。《时间里被安排的一切》用的是第二人称叙事，出场人物不少，这些人物现实中都有，但事情不一定是发生在他们身上的，我借着这些人物，对自己出生的那个重要时刻进行了一番纸上探寻。《来自另外一个世界的故事》则用第一人称，以死者的身份和口吻讲述一个故事，揭示或暗示人物的价值取向、欲望世界，但人物内心最隐秘、最未知的领域，可以永远挖掘下去，这部作品算是个小小的尝试。

所有这些，到底好不好，有没有达到提升小说文学性的目的，尚有待检验。比如，人物与世界的关系、故事里的细节、自然环境、人文氛围，没有来得及细致打磨，在我的小说中，该渲染的地方还可以渲染得更多，对人物情绪的表现也可以更为准确。比如，利用自然现象来衬托人的内心世界，我还没有意识到雷电与激情、恐惧和死亡的关系，雾之于困惑、朦胧和神秘的关系，雨则可以渲染悲伤、孤独以及畅快淋漓，因此，这些方法我都没有试过。写着写着我发现，小说的形式与内容是分不开的，有时候结构本身就是内容，就像我在《从A到G》里写的那样，由A到G，既是小说结构的顺序，同样也是一场风花雪月演绎的顺序。对一个作家来说，象征可能才有更大的文学意义，从一种感觉开始，创造一种不断强化人们认知的意象，可能才更为高级。

文学是一种无止境的探求，写作中能够解决的，远比不上作家应该达到的。理想的终点永难达到，或许，这恰恰是创作的诱惑力所在。

2021年4月21日

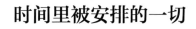

时间里被安排的一切

我们把孩子带到这个世界上，欣赏他们的纯洁无瑕，然后我们又把他们丢给残酷的命运。

——［美］亨利·米勒

人生诸多辛苦，是不是只有童年如此？

一直如此。

——［法］吕克·贝松

没有童年比没有才华更可怕。

——佚名

人人都活在时间里，只有时间忠于自己的职守，延伸一切，修改一切，包容一切，遗忘一切，拉长过去，缩短未来，渐渐沥干人生的丰盈与绚丽。待一切过去之后，任你如何费力拼接，设法打捞其中的草蛇灰线，都会倍感徒劳，即使能够发现其中残存着的温暖，即使你愿意回首往事一窥真相，幻灭感还是会笼罩一切。一切的一切，都已经或即将被时间带走，要么被时间消弭，要么被时间放弃。不过，你不用担心无功而返，时间总会赐予你一点点余温，让你去拯救难以拯救的灰烬。如果你对回顾充满失望，那么，就暂且原谅一下时间吧，这个永恒的裁判，早已将一切归档，将一切重新分类。

或者，你站起来，使自己与所写的稿子拉开一些距离，就像托马斯·曼笔下的伟大诗人席勒所做的那样，离自己的稿子远一些，眼下，毋宁说是离自己的电脑屏幕远一些，因为这样能够使人概观全面，可以用更广的视野审视素材，以便穿透时间与自我。世上唯有时间是公正的吗？你赶快站起来吧，学学带着渴慕的敌意爱着席勒的歌德，让一种轻松的，类似天真无邪的兴奋回到自己身上，因为，歌德是聪明的，他知道怎样生活，怎样创造，他不折磨自己，他对自己爱护备至。屋子里此刻死一样的寂静，时间之钟嘀嘀嗒嗒——

一　你怎样知道自己如何出生的

还是回到自己的本初吧，这是所有人的出发点，不管你雄心勃勃，还是意志消沉，任何人都由那个本初跋山涉水而来，回到本初，必先回到你出生的那个具有致命决定性意义的时刻。这个意义不属于别人，只属于你自己，你的出生由上天安排给你父母，却由别人定义，由时间定义，同样由先你而出生的不同长辈们定义，他们不断地圈定、描画和重建关于你出生那个特殊时刻的一切，而你永远不会具备这个资质。

关于你是如何出生的，有好几个人留下了证言。

在很早之前，或许是在20世纪90年代的时候吧，你在老家书桌的一个抽屉里，发现了一封你爸爸写给朋友的信，不明白何以至今仍留在那里。收信的朋友叫"宏江"，姓李，在呼和浩特二中工作，后担任教导主任，是你爸爸高中在包头上学时的同学，大学毕业后曾同时到一所中学教书。这封信写好了信封，邮票也贴好了，但不知为什么没有寄出，信是这样的：

宏江，近好：

今年儿童节不寻常，承真生下了我们的第一个孩子，是个男孩。她前一天让我用自行车送到医院。起先以为晚饭吃得不对，消化不了，闹肚子。因为吃的是土豆"库略"，把土豆擦成丝，掺上一些玉米面、白面，蒸熟，放锅里再炒一下，我手艺还不错，承真吃得不算少，到半夜肚子就不舒服，后来我们才意识到，可能不是胃的事情，是孩子在肚子里捣乱了。我俩商量了一下还是上医院。医院倒不远，那天风大，我们逆风艰难而行，费了不少劲。产科在县医院一楼西头最把边的地方，病房不算小，四白落地，满屋子来苏水味，三张床只有中间的床空着，每个产妇的床边都立着一个挂药瓶的输液架子，只有左边的产妇在输着液。对面墙上贴着大幅宣传画，画下面放着三个可以搭毛巾的脸盆架子，没有脸盆。承真在床上躺下之后觉得不难受了。我们对生男生女并不关心，只盼望平安。没想到生得不顺利，承真不愿剖腹产。我由衷地为得到这个男孩高兴。你是我和承真爱情的重要见证人，时间过得真快，一转眼，孩子都出生了。

今有一事相求，宏江，呼市现在奶粉是否好买？承真生下孩子就没奶，磴口县物资非常匮乏，什么都买不到，我随后把钱给你汇过去。

代问嫂子和你可爱的女儿好，再谈。

希傧

1962年6月5日匆草

那么，是奶粉搞到了，还是别的什么原因，这封信为什么没有寄出去，你已无法搞清楚。

大姑（护士）：你生得不是时候，你妈妈肺病多年，不该生养孩子，病弱的身体根本受不了。但你妈脾气太犟，很自信，仗着体育好，跑得快，跳得高，就以为身体素质好，不把健康放在心上。她并不清楚生孩子对自己的危害。分娩的时候坚持不剖腹，折腾了很长时间，你出生的时候脐带绕颈，瘦得可怜，只有四斤多一点点。你妈的奶很少，根本不经吃。你生来一张大嘴，胃口好得很，像个饿鬼，老是闹，嘴一会儿也不安生，刚喂完也安静不了多一会儿，不停地嚎，不停地要吃的，很少睡觉。只有吃奶能让你安生。奶不够吃我们早就清楚，还没有等你妈出院就开始找奶妈。没想到奶妈不好找。财政局里你二舅那个工友小章后来帮了大忙。小章在南粮台住，邻居家的女人引见了一个有经验的奶妈。奶妈没来的时候每逢奶不够吃，就熬小米糊糊，掺上我在你妈分娩时带来的麦乳精，你很爱吃。你长大后饭量大，爱喝汤，吃中午饭老是爱打瞌睡，再大一些才看出来，你最大的毛病是尿炕，一直拖到十几岁才改掉。看看我，又扯远了。总的来说，你自幼胆子小，是个乖孩子，比你妹妹乖，而且向来听大人的话。

姥姥（家庭妇女）：承真，就是你妈，从小任性，一贯不好好吃饭，不好好看病，不好好听我的话。生你那天倒是大晴天，但是有大风。把家属院背后的树刮得哗哗响，我眼皮直跳，别提有多担心啦。你出生日是她的受难日。记得你一出生胃口特别好。你妈没有多少奶，急死人了，你大姑从杭后带了一罐麦乳精管上用了。奶妈家里姓杨，你出生后十几天找到的。生你前几天我从粮店里买回来三斤白面，四斤小米，月子里经常熬小米的糊糊。牛奶也凭票供应，限量，家里养活你不容易。

爷爷（职员，大姑转述）：我不反对你爸妈结婚，在没人看好这两个年轻人婚事的时候，我站得稳。我佩服王家人，他们一大家子人都很勤快，不容易，了不起。你妈身体这个因素我考虑得少了，再说你爸也很坚持。承真无非身体不好，各方面都很优秀，我当时做这个主，没反对他们，回头看可能有些不太明智。结婚这种事情，是孩子自己说了算，别人反对没用。你妈带病生下你，付出代价。你的出生对我们全家来说是件大事情，人人高兴，人人关心。你爸是长子，你是长子，我们怎么能不感到欣慰呢！长子长孙，我在活着的时候看到了。可惜你奶奶不在了，她操劳太多，她没福气看到这一天。我那个时候住得远，三天两头骑自行车去看你，你太小，不会记得。

爸爸：今天我不能不写日记，日记像是留给后人的见证，留给历史的一份教材，养成这个习惯比养成别的习惯好，好多年之后拿出来看看，你会觉得好处无数。

1962年6月1日，农历壬寅年四月二十九日，星期五。

晴，下午风很大。

这个儿童节值得庆祝一下！我的第一个孩子出生了！承真固执得很，坚持不剖腹，受了好多罪，但愿她能早些恢复。孩子很瘦，吃不饱的样子，愿他能健康成长。今天《人民日报》发表了题为"家长的责任"的社论，从今天开始我就是一个家长了，怎么做好家长，如何担负好家长的责任，我还没认真想过。今天下午我就上班了，上了两节课，学习民族工作会议精神，我没请假早回家，跟大家一起学习。

二舅妈（家庭妇女）：听说承真要生了，我赶快去医院。途中遇到一个醉汉，三四十岁的年纪，满脸通红，穿着一件胸前印着大红"奖"字的两股筋背心。他跌跌撞撞横过马路，要拦我自行车。我与他越来越近，借着早上朦胧的光线，我看清了，是你二舅单位的工友小章。我们家属房就在财政局院子里，经常见到他。前年小章从南粮台被招工招到财政局，负责烧水，做饭，收发报纸，打扫院子。他是烈士后代，父亲修建黄河大铁桥的时候牺牲了。小章文化不高，能写一手端正的字，最近遇到一件意外的事情，老婆跟人跑了，扔下一个没有上学的丫头，听说他经常出去喝酒。小章很快认出了我，羞愧难当地闪到自行车后边，什么话也不说，用力推自行车后座，帮我减轻负担。很快就到医院了，小章似乎也清醒了，客客气气地向我鞠了一躬才走。你姥姥有五个儿子，就你妈这一个女儿，太偏爱，疼着、惯着、由着她，就因为她是家里唯一的女孩，从小有人护着。承真长得漂亮，学习工作一直很好，唉，就是身体不做主。我记得你是在儿童节那天出生的。生得很难，你妈的奶不够吃，大家着急坏了，四处托人找奶妈，最后还是小章帮的忙。你长大后很勤快，眼里有活儿，从来不用担心你不听话。你爱看书，你二舅放在凉房里的历史书没少被你拿去，拿去就不还了，你二舅知道是你拿的，也不刻意找你要。你二舅一天到晚忙，每天回来还要看书。你小时候打架没占过便宜，每次打架，总找表哥小瑜帮忙。小瑜比你大六岁，身体结实，能管上用。夏天，小瑜经常带你去"二黄河"游泳，你水性不好，就怕你出问题，为带你去游泳这件事情，我和你二舅没少埋怨小瑜。

大舅（工程师）：我们已经五个孩子了，你是你爸妈的头一个。就在你出生的那天，远在内蒙古的大弟，也就是你二舅给我写了这样一封信：

大哥近好！

大嫂好，孩子们都好吧？

妹妹承真今天上午生了个男孩，孩子生得不顺利，妹妹受了不少罪。这是她的第一个孩子，我们都很高兴。孩子我看见了，小得不像样子，最大的地方就是那张嘴，占了脸的一大半，不停地哭，只有吃东西才能让他把嘴闭住。我和佩英为这个能闹的孩子发愁，看着他瘦弱哭闹的样子很心疼。承真一向好强，妹夫希侯很上进很忙，是被单位重视的青年教师。随着孩子的到来，他会更忙。

咱爸自前年10月初由劳改农场回家保外就医，心情一直不好，你想，就因为替教会尽了些义务就遭到抄家和劳改，怎能想得通？而且，劳改农场还订了一条，在保外就医期间，必须每月写一封信给农场，汇报改造情况。

我们一家还好，继坤已上了学，五年前在北京治疗脑膜炎，效果很好，那段时间多亏你和大嫂精心照顾、热情奔走，否则后果不堪设想。儿子也快上小学了，佩英仍然在家里干家务，帮别人洗衣服挣些钱，我一个人的工资够用。纸短笔长，就写到这里，祝一切好。

光耀

1962年6月1日晚

妈妈：你呀，是我们从东方红广场捡来的。那时候这个广场还叫师范附小广场呢，后来才改成这个名字。那天早晨很晴朗，我和姥姥去广场散步，远远地就看见跑道终点发令台上有一团花花的东西，走过去一看，是个裹得结结实实的小包裹，你呀，正在里面张着大嘴哭呢，脸憋得紫紫的，没办法啊，我和姥姥只好把你捡起来抱回了家，一到家你就安静了……

我：妈妈，你骗人，你骗人，姥姥还说我是从医院大门口捡的呢！

二　你怎样追溯此生那决定性的时刻

你所诞生的磴口县位于黄河岸边，过去叫"三盛公"，县城虽小五脏俱全。在这个位于华北平原边缘的小城里，你接受着命运赋予的所有可能滋养。你仍然记得小城的地形、气候和风情。那一望无际的大平原连接着绵延无尽的大沙漠，日夜奔流不息的黄河，翻滚着泥沙泡沫的河水，以奔腾不息、滚滚向前的气势，令这里夏季水汽蒸腾、瓜果飘香，赋予小城短暂的繁华与荣光。因黄河，这里春季常有凌汛，冬季异常寒冷，只有小城边缘开垦和浇灌着的大规模麦田、果园、瓜圃、菜地，能够带来一些生机。依偎着黄河两岸的，是无边无际的不老黄沙，沙丘一个接着一个，一望无际，绵延不绝，十分壮观。"三天不刮风，不叫三盛公"，黄沙在三个季节里肆虐、发威，侵扰这里的人们，但在夏季，像是有上帝出面干预似的，风沙会猛然停歇自己的脚步，出人意料地无声无息，让农田、果园展现绿色，让树木、花草尽情成长，让大自然奉献其娇艳、丰满与果实。

不记得是哪个大人物说过，一个人拥有的童年比家庭的出身还重要。童年记忆有选择地保存，有选择地遗忘。你的童年在记忆里色彩缤纷。岁月远行，时光被远远地抛在后面，童年却时时走进你梦境，幼时的一切存在，随五十多个年华的流淌，留存了不少消失殆尽、踪影难寻的吉光片羽，"一块石头，一片树叶，一扇没有找到的门；这石头，这树叶，这门。所有那些已经被忘却了的面孔"。托马斯·沃尔夫在回望故乡时的感叹，恰好印证你对童年的认识。时间所沉积起来的厚重，是一点点地连缀、拼接、重构的。多少次你试图凭借回忆，重返过去，回到那些单纯的日子里，去与自己曾经的亲人相聚，去拥抱过去的生活，但你发现做到这一点并非轻而易举。童年、少年时段极短暂，无论是快乐，还是忧郁，都会转化为财富。不要变成一个思想贫乏的人，不要变成一个玩世厌世的人，不要变成一个几乎没有同情心的人。回忆吧，凭着自己的大脑，凭时光赐予你的一切，让一次次追溯，化为一次次自我教育。哪怕是痛苦，哪怕是失望，终将成为恩惠。不必失去对未来的信心，这信心会是痛苦中的灯盏，指引你在患难中经受住考验，把空虚与惧怕，统统驱除到远远的地方。

在夜凉如水的澄净之时，面对窗外声响沉寂，你一次次回到过去，重构自己出生、成长、求学、生活、工作等一个个万花筒般的时刻。你固执地认为自己的一切宿命般地被那个清冷的早晨，被小城那座唯一的苏式风格医院，被弥漫着来苏水的气味，永远不可救药地决定了。产房外的漆黑与寂静，躁动不安中焕发的晨光，似乎都在默默充当着见证者，伴随着你的诞生。在岁月过于匆忙的足音中，在你无法依赖长辈们的陈述走得更远的时候，你只得用想象补充一切，让任何难以得到进一步重构的细节逐渐旺盛生长。细节越旺盛，是否越能对抗遗忘的损耗，你并不敢肯定。

　　不过，现在这些都不要紧了。在共和国第十三个年头6月的头一天，在滚滚黄河之岸一个不起眼的角落里，一对年轻教师迎来了他们的第一个孩子。一个瘦弱贪吃嗜睡的男孩。你诞生的这一年，全球人口约为三十一亿，十六亿成年人口中约百分之四十四为文盲。这一年，越剧电影《红楼梦》、故事片《甲午风云》上映，二十二岁的沈阳军区某汽车班班长雷锋因公殉职，大众电影百花奖首颁。这一年，美国作家约翰·斯坦贝克获诺贝尔文学奖，大卫·里恩导演的《阿拉伯的劳伦斯》捧奥斯卡金像奖，爱德华·阿尔比著成剧本《谁害怕弗吉尼亚·伍尔夫》。这一年中逝去的重要作家有威廉·福克纳、赫尔曼·黑塞等。还有，三十六岁的影星玛丽莲·梦露在《濒于崩溃》片场收工后庆祝了她的最后一个生日，生日宴在好莱坞20世纪福克斯公司匆匆举办，次日梦露被发现在浴缸里身亡，那天拍摄的画面便成了她最后的影像，她的死成为永久疑团。

每个人都是别人的疑团，有时自己同样是自己的谜团，自己的有些谜无法依赖自己解决。十二岁之前，你和小你一岁的妹妹从未成为家里的中心，家里的焦点只有一个，就是你久病的母亲。没人知道，你在未受惊扰的小宇宙里，渐渐会拥有怎样打量周围世界的眼光，拥有怎样的内心世界，会有怎样的欢喜、得意、失望、悲伤、痛苦呢。每个人迟早都会拥有一份属于自己的痛苦，对，痛苦，请相信痛苦吧，痛苦不是一件容易的事情，这种情绪或许会使你变得开阔，令你不再满足和骄傲，痛苦往往转化为最为严峻的鞭策。

三 你怎样与周围的一切相处

你向来愿意充当这个世界某个角落里温和的万物爱好者，爱好周围的世界，爱好在一个个春种、夏长、秋收、冬藏的季节里生长的一切，甘居不高不低、不好不坏的中等状态，以便与自己中等的个头、中等的饭量、中等的音量、中等的能量、中等的魅力相匹配。你乐于在一群孩子中处于中游状态，你愿意眼看着别人野蛮生长，让自己停滞在中游。遥想飞逝而去的童年，你的爱好是加入一群孩子之中，玩耍时不去占上风，你素来不喜心机和玩诡计，不喜欢拔尖儿。英国作家威廉·戈尔丁《蝇王》里有两个莽撞少年拉尔夫和杰克，他们个性强悍，对别人构成挤压、排斥、威胁，他们尽一切努力呼风唤雨或力拔头筹，以自己的坚韧和力量，以出色的计谋，在争夺和竞赛中胜出。但你，向来不喜如此。

你曾在滚滚不息的黄河之畔，在起伏无垠的大沙漠之中呼朋引伴，曾陶醉在夏天的好雨水中，与伙伴们在无数个大水泡子里嬉戏。你喜欢那里的沙漠、平原、沟壑与土堆，你喜欢与那些一起玩耍的小伙伴们分享自己的见闻，你喜欢与他们交换对周围小动物、花草树木的看法，议论家里贫乏的饮食，品评别人的衣着，谈论校园里的趣闻逸事，哪怕是学校里的那些平凡的杨树，那一排排平凡的教室，那一个个破败的水泥乒乓球台，都能引为不倦的谈资。在这个局促的小城里，似乎永远有两拨人，一拨与你极为亲近，另一拨与你势不两立，你有一批无话不谈的好朋友，但你的温情、怯懦与犹疑，经常使你在另外一些粗野的同伴面前被议论与嘲笑。你希望拥有忠实的朋友，宁愿不拥有过人的体力，你想把真实的自己交给自己的朋友，不愿以过人的智力驾驭他人。你向往出色，但从未向往伟大，一切不平凡的东西，都是自私自利的，让梦想受到全世界永远的爱戴，只是痴人说梦而已。

你自幼没有被父母呵护有加地照顾过，从不知道宠爱意味着什么。你爸爸像蚂蚁一样勤奋教书，工作很要强，像是家里一个模糊的存在。你妈妈长期在家养病，姥姥忙于日常杂务，你与妹妹一起享受着小孩子的最低待遇。上小学的时候，你总盼望着自己能一次次被疾病击中，发烧咳嗽得不用上学校，将自己变为家里的中心，这时候爸爸有可能在家，你最可能吃到俄式酸面包、鸡蛋糕或粗糙的饼干。你与小孩子们一样盼望过年，只有这个时候能穿上一身新衣服，跑到别人家里炫耀，得到几毛零花钱买到好吃的东西和喜欢的书。

你拥有比别人多得多的耐心、坚韧与好奇心，可能还拥有不小的想象力，你最经常做的，是与侵袭自己的悲观、向下、灰暗的情绪做斗争，在不懈对抗自己的悲观、失望的时候让自己高兴起来，去思考、沉静、严肃起来，重拾信心。这些事情看似简单，其实工序复杂、环节众多，不好全部完成。人难以了解别人的好恶，更难以正确评价自己，既容易飘飘然、趾高气扬，更容易失意沮丧、破罐破摔。你想尽早拥有自己的尺度，更想逃避评价和衡量，世上更难的事情，是有尺度而无法衡量，有标准却难以估算，有了一种眼光，又会被另一种主观蒙蔽。心最捉摸不定，万物最不可能以人的意志为转移，在你敏感的心灵里，值得去兴奋、感怀及泛起温柔情绪的感觉，向来是那样稀缺，否则你就不必苦苦求索，不会一次次给自己设定题目了。

比如，你永远觉得家之外的地方才是吸引人的存在，别人家的饭比自己家的好吃，新异的不同的味道，那些扑向舌头的陌生信息，越过你曾经划定的界限，发展你新的喜好。人的一切都是童年造就的，你喜欢的味道、颜色、形状、气息，统统在童年被定下调子。胃口，宿命般地规定着你，令你无法以自己的意志来改造，更无法扭转自己的舌头所定义和偏好的一切。味道同样属于人的自身防御系统，受视觉支配，受水土支配。味道移步换形，成为我们防御性判断的多种尺度：年的味道，人的味道，衣服的味道，家的味道，规定和熏染着我们的日常。

难道别人家就比自己家更富足、热闹、温馨，更有一个家应该有的脉脉温情吗？你一次次地问自己。长大后，你愿意到姑姑家去住，更多的是喜欢对方家庭里的不同，对，是不同，人的不同，饭食的不同，气息的不同，欢笑与言说的不同，女性的不同，笑颜的不同，颜色与声响的不同，甚至被窝的不同，所有五光十色的不同，均构成巨大吸引力。

在这个世界上，人的心灵永远需要一个庇护所，需要一个可以将所有烦恼都挡在外面，或将微不足道的愤怒加以遮蔽、化解的地方。你母亲在世的时候，她就是你的庇护所，就是你心灵的归宿，希望默默观察着你的母亲，时时准备好拯救你那小小灵魂捉摸不定的情绪。母亲去世后，你羡慕别人家，向往着到别人家去，到有新鲜感的地方，一段时间你不喜欢在自己家，你希望待在爸爸找不到的地方。只要吃完饭，就总是想方设法离开家，到有更多"别人"的地方去，到"家"之外的地方去，到那些有趣、富裕、热闹、有更多不同的地方去，寻找那些能够呵护你、爱护你的场所。

你生活在一个开始是固定不变，随后又剧变不居的时代，小时候的小城仿佛静止不动，与整个中国一样，缓慢地爬行在日复一日的既定轨道上，当你与古老的国家一起进入1976年、1978年、1980年，小城的一切才开始发生变化，有的变化令人瞠目结舌，上山下乡结束，街头墙壁不再贴出包含"打倒"字样的标语。更多的集市，更丰富的商品开始出现。红旗电影院里连轴转地放映着老电影新电影，科学大会、向陈景润学习、伤痕文学、高考、牛仔裤、蛤蟆镜、大鬓角，过去那种盲目的"批判"被对"四人帮"的声讨所取代，"学好数理化，走遍天下都不怕"，人们由不愿变化，到希望变化、迎接变化，使你拥有的一切的一切被重新定义，促使你增添着力量，积攒着信心，自我感从地平线上不断升腾。

四　你怎样认识自己的家人

你自小就倾向于做一个观察者，你的脑海里有一只巨大的听筒，善于捕捉并倾听别人的声音，你愿意收集一切支离破碎的印象和声响，愿意在密闭的小宇宙里孕育自己的情感，滋养自己的想法。你愿意当自己的主人，在对自己周围世界不停顿的观察中反刍心思，在你的心目中，妈妈永远是安静的，她性格内向，心思细腻，寡言少语，总是在沉思。她与书很亲近，喜欢阅读，关心世上的事情。1972年1月6日，陈毅元帅逝世，她曾与你爸爸一道议论，毛主席出人意料地出现在陈毅的追悼会上，她和你爸爸一样感慨。她说，主席穿的是睡衣，主席很疲倦，太感人了。当时你不到十岁，但他们亲密议论此事的场景终生难忘。在你看来，她与自己的丈夫对领袖是那样崇敬与热爱，对陈毅元帅的称赞，反映了她并非只想着自己的病。你母亲有很好的叙述能力，她将自己的天分默默地藏起来，正如将自己的美德隐藏起来一样，她好学上进，这样的人难免有些挑剔和尖刻。所有人，特别是那些缄默宁静的人，那些没有旺盛自我意识和生命力的人，多半会受制于想象魔力的掌控，像爱尔兰诗人叶芝所说的，那些最精致的思想、最精致的意图和最精致的情感，常常并不属于我们，它们丰富，却会猛然从地狱浮现出来，或从天国飘然降临。你母亲不得不离群索居，也愿意在阅读中接受外部世界的滋养。自己的母亲和自己的孩子，就是她患病之后的全部世界，是产生她卑微、精致、不为人所知的思想的根源。她渴望奇迹，但更清楚，奇迹不会发生在自己身上，奇迹属于别人，属于古人，属于故事和听故事的人。

你妈妈最爱讲的故事是《西游记》，她认为《西游记》比《红楼梦》有意思得多，在一个充满奇迹的王国里，神魔鬼怪有着最真实的面目，它们的行动不受季节和任何条件的限制，无忧无虑，相信自己拥有别人不曾有的本领，随意向世界散播混乱、恐惧、无理和粗野，率直、天真、顽皮得足以让人沉迷其中。西天取经的故事多有意思啊，师徒四人不愁吃不愁喝，任何妖魔都不用发愁战胜不了，干吗非要欣赏林黛玉和贾宝玉的故事呢？林黛玉这个瘦丫头动不动哭哭啼啼，贾宝玉拿她没办法，又喜欢她又不会哄她，有啥意思呢？妈妈从未向你倾诉过自己的苦恼与向往，她把你当成地地道道的孩子，认为你还什么都不懂。

成长是一种痛苦，是一种残酷，是一种目光越来越明澈，渐渐向上、向外观察世界的过程，是一种渐渐拉长自身，向世界诉说自己痛苦的过程。母亲从来没有向你抱怨过什么。她没有那个精力。在这个世界的面前，她常常是慵懒的、厌倦的、悲观的。

她从来没有检查过你的作业，没有打听、留意妹妹和你交往过的人。作为结核病患者，她早已习惯了独处，反正，无论大人还是小朋友，一年到头都不会来几个，邻家的孩子被父母看护着，你习惯这种来人很少的家庭环境。在母亲去世之前，你与小伙伴们大多是在家之外活动的，你的社交活动远离自己的家。

小时候家里说话最多的是姥姥，她平时谈的事情离不开自己锅台和炕头那几尺宽的天地，她抱怨自己腿脚不好，抱怨菜又贵了，抱怨土豆不如以前的大，肉没有以前的肥，母鸡把蛋下在了别人家里，她说内蒙古的蒜不如山东的好吃，自己身上掉的皮、头发，剪掉的指甲带走了她的灵魂。她那胶东话的絮叨同样充满各种友好的歪理，善意的辩解，话语间洋溢着未读过书的家常、朴实、琐碎。她是妈妈的看护者，爸爸的倾诉者，家里轻松氛围的制造者。

作为蓬莱老家故事的反复讲述者，姥姥最得意的故事全部来自对蓬莱的记忆。她说蓬莱发生过一场烧死很多人的大火，她说洋人在烟台和蓬莱传教，建教堂，做生意，卖以前从来没见过的稀罕物件。从她一次次毋庸置疑的语气里你得出结论，只有山东烟台蓬莱才产石榴、红薯和大花生，别的地方根本没有，即使有，也没有蓬莱的好吃。姥姥有只柳条箱，那是一只地地道道的百宝箱，里面有些小本子、鞋楦子、过时的塑料钱包、极少穿过的呢子衣服，也有簪子、梳子、推子、顶针、老头乐、不走的钟表、旧眼镜盒、装饼干的盒子，杂七杂八。箱子里还藏着一些花花绿绿的画报，有洋文的，有民国的，在你妈妈和爸爸不在的时候，她会翻看这些东西，小心翼翼地与你和妹妹谈起蓬莱的教堂，谈起你外祖父早年的生活。

在写这些文字的时候，你才查证到，随着1858年《中英天津条约》签订，蓬莱登州被辟为商埠，1859年到1861年期间，美、英、法三个国家的五个基督教会先后派了三十多名传教士来到蓬莱，创办吃住免费的寄宿学校，招收贫苦孩子入学进行传教。美国长老会传教士倪维思夫妇1861年6月来到蓬莱，住在蓬莱北门里一座破败不堪的观音堂里。而你的姥爷成为给教会帮忙的伙计是20世纪30年代的事情，这段经历在新中国成立后成为他反复受审查的原因。

姥姥经常说，你和妹妹都是在大街上捡的，妹妹是在西副食小卖部门口，你是在县医院门口。每当姥姥这样说的时候，你和妹妹就生气、着急、发脾气、撒娇，逼着姥姥改口。过一段，只要你和妹妹惹她生气，她就会把这个故事重讲一遍。姥姥像她那个年龄所有家庭妇女一样，只拥有灶台、炕头与饭桌，她当了一辈子保姆、裁缝、管家、厨子、清洁工，她帮自己女儿抚养孩子，洗衣做饭，管理家里的一切，没有任何拿得上台面的大事，却一天到晚忙个不停，你吃多了她会说肚子永远没有填饱的时候，吃得剩下了她又说你眼大肚子小，她一直为自己女儿的病提心吊胆，闲下来或做针线的时候，目光空洞，盯着刚扫过的地暗自发呆。姥姥的节俭根深蒂固，每次做饭切葱的时候，切到最后，总会留下一小段，以备下次再用，所以碗里总剩一小段葱。

你父亲是姥姥最喜欢最愿意经常称赞的人，老太太认为他讲道理，有礼貌，人细致，懂别人心思，会说话又不啰唆。但你父亲有属于自己的"男人的江湖"，江湖最初由白面书生样的教师和稚气的学生所组成。他们有时候自己带比如瓜子、大豆、黑豆、小枣等吃的，热烈地探讨着数理化，议论学生与学生之间的纠葛，老师与老师之间的微妙，倾诉着毕业之后工作上的烦恼，结婚之后多多少少的不适应。你母亲在的时候，他们到家里纯粹是为了倾诉或帮忙干活，这个师生的江湖姥姥很喜欢，她喜欢坐在旁边听大家说话。在母亲去世之后，家里则变为父亲唯一的主场，成为围绕他趣味的场合，学生、年轻人渐渐减少，职场各色人等占了主流，后来干脆进化为挥霍酒肉和烟草的道场。

五　你怎样给家里帮忙

你不懒，比起同龄小伙伴，你眼里有活儿，异常勤快，从小就是家里的壮劳力，而且干什么都持之以恒。你对大人的召唤，对帮家里干活，向来不曾推辞。在一个男性匮乏的家庭里，你曾经是妈妈和姥姥的好帮手。为了家里有煤烧，你会冒着严寒，拿着筛子，到煤渣堆里筛捡煤核儿，为了家里有柴烧，你就顶着大风，骑自行车到二黄河岸边去割芦苇。

按说，小孩是照大人的心思成长的，大人的鼓励，会直接导致某些美德的养成，但这一条在你那里用不着。你的勤劳似乎与生俱来，你不指望表扬、赞许和夸奖，你很主动，愿意劳筋骨、苦心志、卖力气。比方捡煤核儿、割芦苇就完全自愿，并没有谁督促。你的许多让人想象不到的优点，出乎大人们的意料，你不愿被人夸，更让大人们想不到。

再比如，有无数个早晨，你从温暖的被窝里爬出来，顶着星星月亮，冒着途中被恶狗追逐的危险，拎着暖瓶，由位于小城西边的三完小家属院出发，穿行到位于东部商业区的早点铺，为全家打豆浆买油条。也就是在八九岁的年龄，你在寒风凛冽的大清早，同样拎着暖瓶，步行走过"小蓝桥"，到奶牛场为妈妈打牛奶，时值天色未明，寒意袭人，沿途恶犬狂吠，行人稀少，你不明白自己得鼓起多大勇气，才能积攒起胆量，穿过这漫长的土路，到达那个奶牛场。日复一日，不管黑夜如何铺天盖地，狂风怎样呼号不止，你的动力何在？你是怎么拼命为自己打气的呢？

你是家里兔子、鸡和鸭难得的看护员和饲养员。你妈妈生病，你知道要用自己的力量减少家务。养兔子实属偶然。记不得是哪天了，你在朋友晓明那里被一只出生不久的小白兔迷住了。这小家伙红红的眼睛，雪白的皮毛，长长的耳朵，像个可爱的小精灵。晓明心领神会，拎起小兔子耳朵把它塞给你，你明明知道必定会遭妈妈、姥姥埋怨，还是抑制不住要将小白兔带回家。你是一根筋，一个念头来了，怎么都压不住，非要实现才罢休。记得你借了个塑料网兜，把小白兔兜起来，小心翼翼带回家，不敢让大人知道，先是放在凉房里，抓了些青草给它吃。第二天姥姥到凉房取粉条，开门就闻到了尿臊味，凉房暗，她眼神不济，没有发现，只是在饭桌上给妈妈小声嘟哝了自己的疑惑。眼看瞒不住，你就说了实话，从凉房里把小家伙抱回家。小白兔在网兜里见光撒欢，耳朵竖起来看着大家。妈妈、姥姥、妹妹被这个活泼机灵的小家伙给逗乐了，蹲下来问长问短，张罗着给小白兔喂东西，小白兔正式成为一家人的宠物。姥姥动手为小白兔编了一个笼子，你和妹妹负责为它拔草。接下来几个月，晓明又送来几只小兔子，你与几个小伙伴一起，自己动手搬砖瓦和泥，给兔子垒了个窝，在这个小窝里，兔子开始了速度数量极为惊人的繁殖，白兔、黑兔生出灰兔，灰兔、黑兔又生黑兔，无论兔子有多少，从不打架，永远在吃草、睡觉或喝水，永远不添麻烦。

你同样是家里小鸡的饲养者。每逢春天来临，万物复苏，人们都会向往新事物，眺望新未来，春天唤起的是草木，还有人心，难道还有什么比人心的复苏更有趣的吗？只有人心绿意盎然，万物的绿意才有意义，值此草木泛绿，春风送暖的时候，你母亲会格外向往外面的世界，格外盼望家里增添新的生机，哪怕是一丁点儿的改变，也会让她心里有一些盼头。每到春天，你们家都要买小鸡，挑选鸡雏是妈妈的一件大事情，她与住在家属院的人们盼着卖鸡雏的人快点到来。事实上，这些人根本不用招呼和通知，反正有一天，一些异乡人会戴着草帽，挑着竹筐担子，带着小鸡雏，从遥远的地平线上，慢慢地走近，最后停留在三完小家属院一排排平房前面的空地上，现身于人多的地方。他们的出现，他们特有的外乡口音叫卖，让家属院里在家的人聚拢了起来。妇女、老人、孩子，兴奋地围在鸡雏担子的旁边，完成一年中最重要的一次挑选。一个无风的下午，天气格外晴朗，你妈妈、姥姥与你一起为异乡人的叫卖所吸引，蹲下身来仔仔细细挑选小鸡雏，每逢此时你妈妈显得那样慈祥、专注与幸福，边上很快围过来热心的李大婶、张大妈、钱阿姨，她们热闹地挤在一起，帮着出主意，她们兴奋，她们叽叽喳喳，脸上满是兴奋的光彩。有鸡就不愁长，挑选这些小鸡雏，等于为丰富餐桌的食谱做准备，指望它们长大了，为家里下蛋，或有朝一日变成饭桌上的美味。

　　还记得吧，你妈妈自诩经验丰富，也有看走眼的时候，到头来公鸡母鸡对半就很不错了。这次妈妈一共挑了六只小鸡，有白的、有黄的、有黑的，还有一只芦花鸡，这些小鸡叽叽喳喳、探头探脑地张望着这个陌生的世界，等待着主人与未来的命运。经过一番讨价还价，姥姥付了钱，和妈妈一起回家了。小鸡放在筛子里，几个小伙伴围拢过来，想逗刚挑好的小鸡玩一会儿，你则兴奋地冲出他们的重围端着筛子一路小跑回家。乐极生悲，半路上你被一块砖头绊了一下，那只芦花鸡被颠得从筛子里掉了下来，你不小心一脚踩在它脖子上，小鸡顿时皮开肉绽，抽搐着张大嘴，痛苦地挣扎。看此情形，你感觉自己的脸腾的一下失去了血色，心怦怦跳得要蹦出来了。你赶快把奄奄一息的芦花鸡拾回筛子，放慢脚步往家走。你推开家门，端着筛子不敢直视妈妈。看到芦花鸡这个样子，妈妈问是怎么回事，你吞吞吐吐地说小鸡是自己掉下来摔成这样的，妈妈说，如果只是摔下来，脖子上的毛怎么会掉了，皮又怎么会破得出了血呢？她紧闭嘴唇，双眼逼视着你，目光久久未曾移开。

午后的故事

充满幻想的世界是永垂不朽的。

——［英］威廉·布莱克

我们在小时候记得的事情非常有限或不完整，甚至很不真实。

——［美］约翰·欧文

啊，我经常悄悄地来到你所在的地方，以便和你在一起，我在你身旁走，或靠近你坐下，或和你待在同一间屋子里时，你绝想不到我心中为了你而闪动着的微妙电火花。

——［美］惠特曼

童年记忆赐予的故事像天上的繁星一样，数也数不过来，闪烁在遥远的天幕上，并非遥不可及，可以随手摘下来。但那些照耀自己的稚嫩，照耀他人的美好的，其实并不多，随着岁月的推移，我们抛之脑后的，总会比记住的多得多。

不能固执一端，越固执越容易失真和遗忘，脖子不知道下半身的分量，以宽容、开放之心拨开童年的迷雾，才能由支离破碎中拼接出完整。

一个人的一生中会遇到许多人，他们有的与自己纠缠一生，令你刻骨铭心，有的会随风而逝，像风像雨，像流星划过天际。能被想起或记录下来，实属额外的幸运。

故事一

故事发生在夏天。夏季是我童年时期最喜欢的季节，因为常常会有很多意外，很多故事。有个夏季太邪乎了，小城已经连续两三个月没有下过雨，天上的云永远白白的，太阳永远高高悬挂着，炽热红火，铁面无情，没有风的推动，没有让树叶摇动的气流。

终于放暑假了。一个午后，正值人们一天当中最慵懒的时候，一个谁都不愿意出门的时刻，我出场了，我决定去挑水，去填充家里已经见了底的水缸。

出门走得急，圆领上衣被门帘挂破一个小口子，在我挑起水桶的时候，妹妹满眼的不解，她想跟着我，与我一起抬水。我没有同意，让她待在家里，等着到鸡窝收白色来杭鸡的蛋。

我挑着水桶走出院子的时候，看到母鸡公鸡都蔫在鸡窝里，一点声响都没有，它们也有午休的习惯，大概也要养精蓄锐吧。

挑水需要到位于家属院前排三完小的锅炉房。出院子右拐四五步，向南沿着一个炉灰渣铺成的缓坡，穿过两列平房之间的一个窄通道，就可以进入三完小。锅炉房在左边头一排教工宿舍东边最把边的地方。

窄通道安了个小木门，永远不关不锁，歪斜的门板早被岁月和风雨剥夺了颜色，变得面目模糊，即使想关上，也全然不可能了。小门两边那副失去底色的对联我每天都能看到：右边"四海翻腾云水怒"，左边"五洲震荡风雷激"，横批原来可能是"斗私批修"，或者"毛主席万岁"，或别的什么，现在已经完全剥落了。

正要跨过小门的时候，我发现有个"小蛇鼠子"——就是小蜥蜴——从门底下穿过来。它本来朝着我的方向，是要往外跑的，看到我后，瞪着眼睛迅速折反细细的身子向相反方向溜了。它浑身沙土色，灵巧而神经质，它瞟我的那一眼里所含有的惊异、莽撞和不解，给我印象极深。我吃惊于它反应之迅疾，动作之决绝和坚定，它几乎半秒钟都不用就完成了观察、判断和行动等所有程序，这种灵敏、果断和迅速，比人强很多啊。

穿过窄通道只需走八九步。就在这个时候，一位穿红连衣裙的小女孩与我迎面相遇，有些暗的光线让我一时没有认出她，只觉得对方那身红刺得我眼睛睁不开，还有，就是对方脚上的一双白色凉鞋，塑料的，带着细带儿，特别醒目。

她很快走近了，我还看到她梳着一个小刷子，单眼皮，小鼻子，面庞稚气，四肢柔软，皮肤细腻，手里拎着一只盛着水的小铁桶。到我跟前时，她似乎恰好要停下来倒一下手。我认出来了，原来是与我同班的亚芳，住附近一个院子，家里养着一条大黄狗。她喘着气，脸上的汗淌出一条细线，脸红红的，人热气腾腾。我们相遇后都侧着身子，说了话，好像又没说什么，要么，我只是说了句与她家大黄狗有关的话——"你家的大黄狗太厉害了"，我知道自己是没话找话，但不这样又怎么办呢？因为这狗，我很少到她家玩。"拴着呢，你别担心。"亚芳说得倒轻巧。我很快从她旁边走开，离开这狭窄的通道，离开这团亮得刺眼的红色，方才松了口气。女孩太奇怪，时而欢笑，时而哭泣，时而顽皮，时而任性，有时让我迷惑与惶恐，有时让我倍感欣喜和亲切。

穿过窄窄的通道再往左拐，就是一排三完小的教工宿舍了。到锅炉房至少需要路过十几个宿舍。就在走到第三间宿舍的时候，我左脚上的鞋掉了，是鞋带出了问题。我放下担子，蹲下身来察看，此时宿舍竹门帘被挑开，音乐老师于婉丽走出来。漂亮是最好的名声，于老师就有这最好的名声。大人们背后爱谈论她，除了说她漂亮，初来乍到，书教得好，还说她从小没有父母。在一家子有许多人的年头，孤儿像是不得了的珍稀物种，仿佛孤着、单着就很悲惨、很值得同情。人们还知道，于老师带着个孩子，只是谁也没有见过她的丈夫，这更增加了于老师的神秘，使她一举一动都更引人注意。不过，这些不重要，因为学生们都喜欢她。在我当时看来，世上只有两种女人，一种是好的，另一种是比较好的。女人们身上会有淡淡的香味，脸上会有忽喜忽悲的表情，最吸引人的是她们那亲切的笑容，富于同情心的天性，以及愿意与人说话的沟通能力。但女人的嘴也最可怕，故事会在她们嘴里越传越离谱，本来是白的，渐渐会被传为灰的、黄的、粉的、红的，最后沦为紫的、黑的。女人最关心的是吃喝，是穿用，是人缘，是自己的长相与打扮。

于老师大家都喜欢，她的好是那种与学生站在一边的好，她不把我们当傻瓜，在讲台上从不显得高傲，什么时候都是好接近的，而且漂亮得不那么高不可攀。对她的温柔，孩子们心里有数。她不会随便责备人，更不会拿人开玩笑。她向来温柔，随和，从不发火，但这也等于鼓动了孩子们的放肆。一次，同班的黑子把一只死去的"蛇鼠子"放在她的粉笔盒里，吓得她跳起脚，随后号啕大哭。黑子一看慌了神，他手足无措地走到讲台前，结结巴巴地承认是自己干的。大家看到，此时于老师脸上还有泪珠，破涕为笑已经暴露了她的全部天真。她像个大孩子，上课就是与我们一起玩，有次教唱《我在马路边捡到一分钱》，唱得走调了，随即就和我们一起开怀大笑。

看到于老师挑帘出门，叫着我的名字，我连忙站起来，嘴上拒绝着，双脚却开始向着她的方向挪动，很快就闻到了她身上散发的迷人的味道。这味道里混合着香皂、雪花膏和一丝丝奶香，她眯着眼睛，双眼皮里笑意盈盈。她穿白色的短袖衫，配一件碎花短裙，脚上是一双白色系带儿塑料凉鞋。我随着她进到屋里，门没关，但屋里面依然很暗，眼睛好半天才能适应过来。屋子很小，屋子正中间有个安着铁皮烟筒的炉子。右边靠墙的是一个书桌、一把椅子，桌子上有个小台灯。左边的大床上，仰面睡着一个穿粉衣的孩子，肚子上搭着一条白毛巾。

于老师带我进来，却并不理会我，而是在小桌边坐下，拿来一张纸，开始在上面写字。她用的是我妈妈同样爱用的蘸水笔。她把墨水瓶盖拧开，将笔蘸到里面，这才想起我的存在，她回过头来。

——你快坐吧，孩子睡着呢，你就坐在床上，等我写完。

——好，我不着急走。

——你妈妈好吗？我挺想她的。

——妈妈很好，嗯，她好多了。

我很听于老师的话。她写得不慢，彼时，我除了能听到自己心脏怦怦怦的响声，还清楚地听到她写字唰唰唰的声音。写了一会儿，她却停下来了，把写好的撕掉，取一张纸，再重新写。

当时没有电话。我想，妈妈在生病，于老师孩子小，她们见面并不方便。

信写完了，于老师把信折来折去叠成一个好看的方形，夹在一本书里，交到我手里。这是一本没有封面、没有开头几页的书。而且是我们家的书，不知什么时候来到了于老师手里。是不是妈妈用它夹过信？

把信和书交到我手里后，于老师并没有支我走，她打开抽屉，从一个小铁盒里拿出针和线。纫好针，坐到我跟前。

——看你衣服上开了个口子，我给你缝好。

——不用，不用。

——乖孩子，快坐好。

于老师的从容很令我难为情。我此时看到，于老师的头发原来如深夜般漆黑，身上清幽的气味让我迷醉得呼吸困难，我盯着她手臂上隐约可见的蓝色血管，看着她脸上被阳光照得毛茸茸的一层桃茸似的东西，看着她脖子上左边的那颗小小的痣，看着她微微翕动的鼻翼，皓齿微露的红唇，以及毛茸茸的睫毛，我的思绪不禁飞到了遥远的山谷、森林与小溪，联想起林间斑驳的阳光，想起星夜里偶然飞过夜空的小鸟，以及遍洒于寂静小路上的月色，闻到理发馆里洒在头上的洗发水，闻到过年才能吃到的牛奶糖，我被眼前的一切迷惑、吸引和粉碎了。我忘情地把头凑到于老师胸前，看到自己眼前白衬衣上隆起的小山，辨别出眼前那些若隐若现的奶渍、汗点和菜汁痕迹。我呼吸加重，鼻尖几乎冲向她胸前起伏的高处，我靠近，靠近，再靠近……正在这时，于老师把嘴伸向缝我衣服的那个地方，凑近针线，用牙咬断线头，此时头发蹭到了我的脸上，鼻息吹到我眉毛上。针线活儿结束了。她睁大漂亮的眼睛，伸出左手，把手指插到我乱糟糟的头发里，来来回回轻轻地梳了几遍。

——乖孩子，你怎么啦？困了吗？累了吗？

——不不，还没有呢。

——困了你就上床躺一会儿吧，天太热了，我也躺一会儿。

——不了，不了。

我结结巴巴地说着，抓起夹着信的那本破书，仓皇失措地掀开帘子夺门而逃，抓起门外的担子，放在肩上，朝着锅炉房的地方奔过去。

故事二

我想起来了，这个故事不是这样的。那个暑期的下午，天确实很热，但有些发闷，没有风，太阳懒洋洋的，躲在云彩后面。遇到于老师的事情没有发生在我去挑水的时候，而是发生在与小朋友们打完乒乓球之后。

三完小的院子里有两个水泥垒的乒乓球台子，在最南端的高年级教室前面。那天下午我和同班的黑子一起去打球，我出一个光板拍子，黑子拿他的单面胶拍子，球有两只，都是我出的。我们打得昏天黑地，不可开交的时候，来了一个女孩，她就是亚芳。

亚芳穿一身白连衣裙，脚上是方口布鞋，浑身有一种热气腾腾的气息。有了她，我们三个只好轮着打，我俩头次发现，亚芳打得不错，球艺好，动作漂亮，她的裙子很短，打起球来一飘一飘的，让我们看得入迷，后来我问黑子，他也说很愿意看亚芳打球，尤其愿意看她那件白裙子飘起来的样子，看到她的双腿在裙子底下来来回回地运动，他说亚芳很美。

黑子是人们眼里的运动能手，打起球来喜欢光脚，脚上没有鞋子，等于失去了束缚，更加灵活、潇洒，他扣球、接球、送球，都很自如，后来我和亚芳两个人打他一个人，他依然应付得不错。

很明显，我打不过黑子，但我不服输。当时普遍崇尚不怕困难、争取胜利，家里贴着《毛主席去安源》和《红灯记》，教室里抬头可见"提高警惕，保卫祖国"，不用大人教，我们也会学着顽强勇敢，耻笑怯懦、退缩或放弃，一种昂扬的精神始终在鼓舞着我，促使我拼出全身力气顽强对抗、奋力挣扎，我一遍遍求黑子"再来一局"，可就是很少打得过他。

不知不觉，太阳往西走了不少，我们三个仍然打得不亦乐乎，谁也不服输，谁也不想走。不知道会不会因为我和黑子在，亚芳也不知疲倦了，反正有亚芳在，我和黑子感觉不到累。我们各展身手，打啊打啊，忽然发现昏天黑地，太阳没了，风来了，接着大雨夹带着冰雹，劈头盖脸，倾盆而下，我们三个大呼小叫，慌忙逃窜。

我以最快的速度穿过三完小院子的几排房子，跑到最后这一排的时候，我的鞋带开了，我蹲下去系鞋带的时候，一个屋子的门帘被掀开，里面一个女人伸出脑袋，叫着我的名字，招呼我进去，原来是我们漂亮的音乐老师于老师，她的嗓门那么脆亮，她的呼喊那么急切，大雨中的我什么也顾不上，赶忙朝于老师跑去。跑了没两步，我左脚上的鞋掉了，回头捡起来，拎鞋快步钻进屋里。

于老师的屋里很暗，一时什么都看不见，只隐隐约约看到屋里有个铁架子床，墙边是书桌，屋子正中间有个安着铁皮烟筒的铁炉子。我浑身上下湿透了，水顺着双腿往下滴着。进屋之后，于老师给我递过来一块毛巾，让我擦脸和头发。毛巾白得刺眼，飘出的味道带着香皂、洗发水和奶香味。我把脸和头发擦干，给于老师递毛巾的时候触到了她的手，软软绵绵的，我赶快缩回手。于老师会意地露出开朗的笑容。我很快适应了屋里的光线，看到床上躺着一个穿粉衣服的婴儿，应该也就两三岁吧，赤着脚，小腿圆嘟嘟的，分开着，脚底对着脚底，肚子上就盖着一条白白的毛巾。

——别愣着，看看你，浑身上下都湿透了，快把衣服脱了，我给你拧干。

——不，不用不用。

我身上又黏又湿，嘴上拒绝，其实冷得难受。于老师像早就看穿了我的心思，伸手帮我把上衣从头上脱下来，拿到脸盆那里使劲拧着，拧出的水滴在脸盆里滴答作响，窗外虽然有雨声，声音依然显得很大。我两只胳膊交叉着，双手抱着肩膀，像在等于老师的指令。于老师把拧完的上衣搭在铁床架子上。给我拿来一个毛巾被，让我快把外面的短裤也脱了。当时毛巾被是稀罕物，我被毛巾被上散发着的香皂的清新味道所吸引，赶忙披在身上，就是迟迟不肯脱短裤。我磨磨蹭蹭，犹豫再三。于老师说，你转过身，抓紧吧。我转过身，紧紧裹着毛巾被，把外面的短裤褪了下来。看我不好意思，于老师抓过短裤，把水拧到脸盆里，再搭好。我尽可能使劲地用毛巾被包住身体，一屁股坐在床上。因为坐得太使劲，床猛地一晃，发出吱吱呀呀的声音，接着闪电穿过窗户，把小屋照得雪亮，随之而来的是震耳欲聋的雷劈声，床的晃动和雷声惊醒了床上的宝宝。宝宝先是双腿动了一下，接着舞动双手，开始发出咳咳咳的声响，于老师听到响动像得到警报一样奔到床前。宝宝醒来了，慢慢适应着屋里的光线，脑袋左右转动，寻找着什么。看到我后，她似乎愣了一下，接着脑袋转向另外一个方向，显然她还没有寻找到自己想要的目标，趁孩子未及发作，于老师把她抱了起来。

　　宝宝的双手在空中挥舞，脑袋使劲拱着妈妈的前胸，于老师赶快让孩子把嘴凑到自己的乳房上。她落落大方，并不避讳我，就在我眼前撩开了上衣。她右乳上的蓝色血管蜿蜒曲折，那枚圆润的粉红乳头如同宝石。宝宝多幸运多幸福啊，闭着眼睛就将那粒粉红的珍宝灵巧地含在了嘴里，小手自如地抓着衣服上的褶皱，双脚欢快地蹬着，开始贪婪吮吸。此时于老师神情平静，满满的幸福安适。她把我当个孩子，前胸袒露着无比的白，目视远方，自豪而享受。过了一会儿，于老师转了个方向，把宝宝挪到另外一边，就在挪换的时候，于老师露出另外一个乳房——鲜艳而端庄，灿烂而饱满。孩子仍然是贪婪的、急切的，但渐渐不再双手摆动，双脚乱蹬，慢慢沉寂在温软中了。于老师移开孩子，抹下衣襟，把孩子轻轻放回到枕头上，目光才转向了我。此时，屋外的雨不知什么时候已经停了，屋里忽然亮了，彩霞彩虹印到了窗户上，孩子头偏在一边，恢复了悄无声息的睡眠，屋子里静得像俗话说的那样，地上掉根针的声音都能听得到。

——你妈妈身体好吗？

——还好，但咳嗽得厉害。

——你爸爸在吗？

——最近老不在家。

我们有一句没一句地聊着，我看到于老师脸上泛着红晕，她下身穿着黑裙子，脚上的一双白塑料凉鞋并没有系带儿，就那么趿拉着，这个时候她忽然想起我的凉鞋鞋带坏了，让我把凉鞋递给她。她全然不顾鞋上的泥，不顾上面散发的不好的气味，从抽屉里拿出针线，但查看了一下，还是放弃了自己的努力。

——这不能用针线缝，缝完坏得更快。

——不用缝，我让姥姥想办法吧。

——姥姥好吗？她还纺线吗？

——挺好的，还纺线，有时候我、妹妹和她一起纺，纺出线来妈妈给我们织毛衣。

——你妈妈手真巧。我们上学的时候你妈妈就很出名，她很漂亮，不爱说话，功课好。

——你和她是一个学校的同学吗？

——是，你妈和你爸我们都喜欢。

于老师和我靠得很近，她像磁铁吸引着我，她身上的气味给人温暖如春的感觉，让我沉醉。后来回想起，这种味道其实并没有什么特别的，混杂了泥土、锅灶、床单和孩子的尿味，却亲切、温馨和单纯，让我迷醉，是因为洋溢着女性特有的纯洁与直率。

于老师好看的双眼清澈而亲切，或许，在心肠柔软的女人们心目中，我很值得同情，我是重病在身的同事的孩子，顽皮、穷困而缺少呵护。她看着我，忽然轻声跟我说："孩子，你想吃奶吗？我的奶水很多，你吃一会儿吧。"听到这话，我被惊住了，脸涨得通红，看着于老师天真无邪的目光，一时不知所措，我不相信她说的话，她分明满脸真诚，一心一意，但我还是慌了，低下头来，躲闪着她的目光，我气喘吁吁，难以自持，想夺门而逃，腿又不做主——

故事三

　　我想起来了，见到于老师那个下午，没放暑假，是在一个星期天。我没去打乒乓球，是与黑子约好到班里擦玻璃的。当时我也就二三年级吧，但心思很重，很愿意参与那些被大人首肯的事情，愿意当积极分子，一心想赢得老师和家长的表扬。这种心思，让我变得像个大人，循规蹈矩，说话爱模仿大人的腔调，相信喇叭里广播的一切。我过早地接受了斗私批修、为人民服务、团结就是力量，很早就认可了阶级斗争必须天天讲、月月讲、年年讲之类。我如同一个早熟的野心家，想样样走在人们前面，我要投入轰轰烈烈的大场面大事情中，去表现自己，考验自己，但不愿在孤寂中傻干。

　　我没有等来黑子，也许他忘记了，也许存心和我恶作剧。教室不算大，前后六扇窗户，平时不觉得怎样，一个人擦起来就是另外一回事了。干得实在太没意思，大热天的，我图的是什么呢？无聊快将我淹没了，我不耐烦，不甘心，后悔莫及——我把自己变成了苦工。太阳眼看西斜了，两边几扇窗户的玻璃擦完后我已是满身臭汗，手腕发酸。好事真不是那么好做的。

　　我人在教室里，手在玻璃上，脑子已跑到了别的地方，眼前出现了小蓝桥以西的那些小水泡子、兵团战士看守的果园、县气象局前大片大片西红柿地，想起了一中院子里那个可以玩水、可以钓鱼、可以划船的巨大游泳池。教室之外，任何一个地方都可以锻炼意志、增长才干，活动永远比学习有意思。我向来喜欢呼朋引伴。在说笑和起哄中，时间最容易溜走，几个男孩混在一起最有意思。我们玩起来从不穿鞋，大家都能在发烫的炉灰渣铺就的地上奔跑。我们是水泡子里玩水的好把式，一旦脱掉衣服，跳到水里，准能玩个痛快。我们经常在水里憋气、捉别人的腿或扒掉别人的短裤——

正在我胡思乱想的时候，门被推开了，闪进来一个白色的影子，虽然逆着光，我也知道来人是同班的亚芳，而不是黑子。黑子，你在哪里鬼混呢？

亚芳说不是来做好事的，是来取东西的，但她并没有取了东西就走，而是在课桌旁坐下来，像变魔法似的，从书桌里拿出一个本子，开始写啊，画啊，写啊，画啊，忙了好长时间。在教室的寂静里，我偷偷从后面观察，发现她身上的小白衬衫紧紧地裹在圆滚滚的身上，以前从未觉得她的小身子有如此的浑圆，在西斜的阳光的映射下，她细细的后颈泛着白光，头发变浅，发辫在肩上披散，头顶别着一朵小蒲公英，俏皮而可爱。她的父母我都见过，她实在比他们漂亮很多。躲过桌椅板凳的遮挡，我还看到她脚上的白凉鞋，此时已不自觉地被脱到了一边，小脚俏皮地蹬在课桌腿上，旁若无人，白光熠熠。

她是班上的语文课代表，作文总得到老师夸奖，我很不服气。我们都很爱看书，她还经常跟我借书看，凭什么老师单单偏爱她呢。不过我承认，她天生有甜言蜜语的本事，讨人喜欢，没有哪个老师会反感她。有次我算术作业没有做完，她帮着我说情，还有次体育课我不敢上双杠，她帮我圆场，老师就是愿意相信她。想着这些我不禁走了神，呆呆地望着她，忘记了手上正在做的事。听到我这边声响全无，亚芳也停了下来，她回头望了我一眼，看我愣在那里，就招呼我过去，"你来，你快来"。我乖乖走过去，朝着她满有把握的神情，朝着她红红的嘴唇，白白的牙齿，明亮的眼睛，漂亮柔软的长发，没有一丁点儿的迟疑。

原来，她不是在写作文，而是在画画儿，用的是蜡笔，一张白纸已经被画满，画的是个孩子，一个在花丛中的女孩，左手拿着一个小火轮，右手挥舞着小风车，太阳在天上火红燃烧，我们的学校像在太阳底下的小岛上，周围环绕着各种盛开的花朵，房前的小河蜿蜒曲折。

——为什么要画这画？

——今天于老师的孩子过生日，我想给她个惊喜。

——老师会喜欢吗？

——怎么会不喜欢呢？你和我一起去吧。

——我不跟你去。我要等黑子。

听我这样说，亚芳不说话了，过了一会儿，她把画画的本子合起来，站起身离开了。

亚芳前脚走，我就后悔了。现在我已经完全没了做任何事情的兴趣，我多无聊啊。为什么非要等黑子？此时我想起了黑子干过的所有那些不着调的事情，我想象着他推门而进，气喘吁吁，满头大汗，半袖衫扣子被撕掉了两个，肯定又和人打架了，他从来都英勇好战，不畏惧任何一种威胁，愿与比自己强大得多的人比试武力，有次他在操场上与一个汽修厂子弟拳脚相交，根本不考虑自己是否与对方实力相称。还有次他为同院子里的小破孩主持正义，被打得够呛。总之，他习惯于挥拳解决问题，肯定不稀罕到这里干擦玻璃的破事儿，我还不知道他！我干吗非要等他呢？想到这里，我在眼前的玻璃上胡乱擦了几下，完全失去了耐心，实在等不下去了。我迅速走出教室，关上门，来不及锁门就溜走了。

家不远，在教工宿舍的后面。在往家走的时候，我遇到了一阵阴风的袭击，这阵风很快化为一团旋涡，裹挟着地上的树叶、纸片、枯草，刮得昏天黑地。天迅速暗了下来。我加快步伐埋头跑啊跑，穿过一排教室，又穿过一排教室。等我抬起头，猛然发现自己已经跑到了一间挂着竹门帘的教工宿舍跟前。这个门帘上画着一朵大红花，像是上面飘扬着大红旗，这不是一个普通的门帘，是火焰，是熔炉，是花海，是吸引人前往的目标，正在我呆呆地盯着这个门帘的时候，有人挑开帘子走出来。是于老师，是教我们音乐的于老师。她脚上穿着一双趿拉板儿，趿拉、趿拉、趿拉地走出来，向我招手。此时，好像突然间，风停了，太阳出来了，树叶、纸片、枯草没有了踪影，空气已经完全恢复了原有的流动节奏，空气清新，太阳不刺眼，我可以完全看清于老师的面容。她年轻、愉快、红润，轻盈得比任何好词都实在。我得承认，我特别喜欢她脚上的趿拉板儿，当时不流行拖鞋的说法，我们把所有极简单、只容纳脚掌，不系鞋带可以趿拉着穿的鞋统统称为趿拉板儿，于老师的脚嫩白、细瘦、健康，与体形般配，她叫着我的名字，喊我过去。这个时候的我灰头土脸，由于奔跑，身上冒着臭汗，我甚至能够闻到自己从头到脚散发出来的刺鼻气味。

好在于老师并没有马上请我进屋，她返回屋里，拎出一只铁皮暖瓶，示意我去打热水。我接过暖瓶像接过一颗即将上膛的炮弹，迅速向着锅炉房的方向走去。这段路不长，大概要经过七八个房间吧，一路上，我看到一个屋子的窗户是开着的，伸出一个竹竿，竹竿下面丢着件白衬衣，另一间屋子居然亮着灯，还有一个屋子窗户里探出一个脑袋，这是个专门负责为学校打钟的老人，他已经没有多少头发了，穿蓝色短袖衫，敞着怀，一边和蔼地冲着我笑，一边驱赶着屋外一只不停打鸣的公鸡。打完水后，这只公鸡已经被老头驱赶得不见了踪影，老头手拿一只蒲扇在窗口来回扇着，那间亮着灯的房间打开了窗子，灯关了。路过那件衬衫，我把它搭在了竹竿上。拎着暖瓶回到于老师宿舍，我感觉屋子里有些暗，适应了以后我才看到，屋子正中间是个安着铁皮烟筒的铁炉子。铁架床上躺着一个孩子，孩子身上只搭着一条小毛巾，孩子胖胖的小脚光着，脚心相对，胖腿弯着。随后我在书桌上看到亚芳那张画，它被撕下来，静静地躺在书桌的左上角。于老师让我打水是为了给我洗头，洗完了我的头，她又要为我洗脚，我本来不愿意，但就是没勇气拒绝，于是任凭她摆布，臭烘烘的泥脚任她揉洗。我不记得脚怎么被擦干，水怎么被泼掉，我呆了，醉了，被彻底粉碎了。

我也不记得于老师是怎么开始给自己洗头的了。我只记得，她用洗发膏洗了一遍，屋里顿时香气扑鼻。我们对这种香气拥有异常敏感的辨认力、捕捉力和吸收力，上天赐予我们这种能力，就是为了让我们享受，就是为了让我们去散播这种感觉吧。我已忘记于老师头发的长短了，甚至已经忘记此间和她聊了些什么，只记得她指挥着我，把一个小一些的脸盆里的水兑得冷热正好，让我给她往头上冲水。我像被施了魔法似的，顺从地从她手里接过小脸盆，试图往于老师头上浇，但我完全无法集中精力。我发现，于老师的脖颈白得如同象牙，一点杂色都没有，这片纯纯的柔柔的白，让我目眩神迷，此时，我从靠近她的那一侧，看到了她脸上如桃茸般细腻的绒毛，而顺着衣领，更窥到了胸前那对起伏的白鸽，它们是那么静谧、骄傲与温暖，它们令我思绪飞扬，想起高山白雪，晴空白云，甚至想起万里棉田里的那些花朵，我的手开始抖动，我的呼吸不再均匀，而是变得如千钧之沉，如火车般粗重，我像趋光的飞蛾，没头没脑，完全无法行使自己的职责，水被我倒歪了，我让水流到了于老师的脖子里，我搞砸了整个事情——

后来一

其实，那天我并没有在匆忙中落荒而逃，而是按照于老师的指令，脱鞋上床躺在了那个安睡的婴儿的旁边，闻着孩子的奶香睡了一大觉，醒来的时候我还发现，于老师侧着身子，一只胳膊压在头下，睡在婴儿的另外一边，她睡得很香，双眼闭着，睫毛长长的，美丽、安谧、童真。

我回家就把书和信交给了妈妈，妈妈读信之后哈哈大笑，什么也没有和我说。过了几天，她让姥姥多蒸了几个糖包，让我带给了于老师。

后来二

其实，那天我犹豫了好长时间，还是接受了于老师的召唤，双手垂着，嘴凑在于老师右边的乳房上，草草吸了几口，但我什么味道也没有吃出来，只觉得嘴里有点甜，有点腥，有点婴儿味儿，像床上那个宝宝身上散发的味道……

后来三

其实，那天我又在于老师那里待了好长时间，直到天都有些黑了。但我不想细致交代事情后来的细节了，我只记得于老师并没有责怪我没有好好完成给她冲洗头发的任务。相反，好像她还让我给她洗了脚，要不，就是我们俩在一个盆里洗了脚，而不是像之前说的那样，是她给我洗了脚。

我俩面对面坐着，一边洗着，一边东一句西一句地说着话，或者确切地说，是她不停地说着，不停地向我发问。她问的问题很具体，比如：你爸爸给你妈妈洗过脚吗？你妈妈和你爸爸一起洗过脚吗？你爸爸给你妈妈洗过头吗？你妈妈给你爸爸理过发吗？你爸爸给你妈妈梳过头吗？你妈妈给你爸爸喂过东西吗？

我不知道该怎么回答，我不知道自己想不想回答，我只知道很愿意多和她待一会儿，无论多么窘迫，多么不自在，我都能忍。天快黑了，我也不记得自己是怎么离开于老师的，我们说再见了吗？于老师让我给妈妈、给姥姥带好了吗？我完全不记得了，我只记得临出门时，她给了我两块很硬的水果糖，回到家里，我给了妹妹一块，后来，我剥下的水果糖纸没有扔掉，而是夹在书里，留了好长时间。

2020年1月10日夜写毕

苏雅姐姐

一

　　从记事起我家就住在位于县城西部的一中校园里。苏雅姐姐和她妈妈、弟弟做过我们家很长时间的邻居。苏雅姐姐比我大十多岁，她和弟弟是随她妈妈高老师一起从北京下放到内蒙古的，全家人都讲北京话，比播音员还好听，很让人羡慕。我常幻想有一天能跟苏雅姐姐到北京，亲眼看看《我爱北京天安门》唱的那个地方，逛逛只在宣传画上见过的长城、天坛和颐和园。高老师个子不高，胖乎乎的，五十来岁的样子，两只不怎么大的眯眯眼永远笑盈盈的，冬天的时候围一个黑色大披肩，说话从不高声，慢悠悠的很好听，不少关于北京胡同、小吃和风筝的故事，我都是从她那里听到的。

大人们说高老师曾经是北师大外语系的高才生，当过英文翻译，下放到县一中教书，兼管资料室，有人说她在家说话都会夹杂几句英文，可我从没遇到过。苏雅姐姐大眼睛翘鼻子，上嘴唇有深深的沟壑，唇红齿白，个子不低，头总是仰得高高的，身上香喷喷的很好闻。她的打扮和做派我形容不了，用我们通常讲的"洋气"来概括最贴切。她常给我们说，北京可大了，到处高楼大厦，街上永远干干净净的，没有那么凶的风沙。她说话的时候好往后甩头发，眼睛爱盯着远方，不时夹杂个"儿"字，很悦耳。她的弟弟苏正比她小四五岁的样子，个子不高，胖乎乎的，很像高老师。没人见过苏雅姐姐的爸爸，也很少有人谈起过。

　　小县城被大片大片的盐碱地和沙漠包围着，四季风沙不停肆虐，动辄黄土黄沙满天弥漫，张口一嘴沙，雨后满脚泥，我从懂事时起，眼睛里最常见到的，不是蜷缩在风沙之中的低矮红柳，就是稀疏扭曲的沙枣树。一般的人家院子里堆着柴火，养着鸡，屋里放着各种破烂，散发着复杂的味道。可进了苏雅姐姐家，就会发现收拾得有模有样，气味宜人，摆的东西好看，尤其是书柜里那对镶着金丝线的景泰蓝花瓶，鲜花和小鸟图案由蓝、红和绿等多种颜色组成，格外喜庆。墙上挂着一幅山水画，画的是船夫悠闲地划着船，行进在高山、流水之间，特别高雅。书柜靠一面墙立着，里面盛满了高低大小不同的新旧书籍。窗台上有两三个花盆里开着漂亮的花。

苏雅姐姐和高老师只要看到我来了，就会高兴地拿出饼干、果丹皮、瓜子、红枣等好吃的，还问长问短，让我很放松并感到温暖和被关怀，这是在家里所渴望得到的。那时候大多数家长的眼睛里根本没有自己的孩子，就知道忙工作，单位里有不舒心的事，就撒到家里，拿孩子当出气筒。我虽是女孩，小时候在家也常遭训斥。所以有事没事都爱跑到苏雅姐姐家玩，看她们收拾屋子、做饭、织毛衣、看书、写字，听这一家人有一句没一句地闲聊，像个小尾巴似的跟在苏雅姐姐后面，随她来到教室，坐在她身边，看着她上课。有次我看到坐在苏雅姐姐左边的男生老拿胳膊肘拱人，苏雅姐姐一点不客气地顶回去，很解气。苏雅姐姐还常带我到校园外玩。县城本来就不大，好玩的地方不到半天就能转个遍。县委后面有个小动物园，里面有几只花孔雀，只要我们抖抖衣服就会开屏。几只活泼可爱的小猴子给点好吃的就跳上跳下的，还有几只灵巧的梅花鹿，眼皮双双的，睫毛长长的弯弯的，很讨人喜欢。

苏雅姐姐还带我去红旗电影院看过电影，有次看的是个打日本鬼子的电影。电影院里有好多学生，是不是学校包场我忘记了。电影快开始的时候，后排左边有个白白净净的戴眼镜小伙子过来打招呼，苏雅姐姐回了个微笑。看完电影后我俩到街心花园溜达，看人们拉手风琴、吹笛子、打快板，那个戴眼镜的小伙子推着自行车走过来，和苏雅姐姐边走边聊天，怕我累，把我放在自行车前梁上继续往前走。小伙子说话轻声细语，时不时扶扶眼镜，谈论着学校和老师，说要带我们去三盛公拦河闸玩，看那里的芦苇荡，捉野鸭子，钓鱼什么的。

我妈是高老师的学生，她有次带着宁夏老家捎来的馓子、南瓜油饼什么的，领着我去看高老师，看到苏雅姐姐正在削甜菜皮。老家盛产小麦、向日葵和甜菜，夏天家家户户都买甜菜。我妈告诉苏雅，可以把甜菜切成片，用棉线穿起来，搭到屋外晒衣服的铁丝上，晾成干后，又甜又有嚼头，还可以切碎放锅里熬，熬成糖稀，蘸馒头吃或泡水喝，同样很解馋。由甜菜说到糖厂，妈妈问，有个过去师范学校的老师，现在正在负责筹建糖厂，他家的儿子是不是苏雅的同学。高老师瞭了女儿一眼，苏雅顿时脸颊发红，像是涂了红脸蛋。

苏雅姐姐涂着红脸蛋演节目我去看过好几次。一中校园本来是师范学校的，师范搬到公署所在地，一中捡了个大便宜。校园有个大礼堂，可以在里面开会、上体操课、排练和表演节目。苏雅姐姐唱歌跳舞都擅长，她和同学们的文艺节目差不多。十几个男女同学穿着军装排成队，边跑边唱《向阳花》、《新疆亚克西》或者《大刀向鬼子们的头上砍去》什么的。我发现戴眼镜的那个男同学有时候也在队伍里，个子有些高，笨手笨脚的。苏雅姐姐还担任过报幕员，她独自走到台上，大大方方地用很标准的普通话说，"各位革命老师、革命同学，大家下午好！今天，我们宣传队将给大家带来一场活泼的小合唱和舞蹈表演，请大家欣赏——"看着她，我羡慕极了，心里不禁想，姐姐这么漂亮，这么让人喜欢，难道会永远在这儿？有次等她演完节目，我拉住她的手问，姐姐你长大了还会在这里吗？

苏雅姐姐问，不在这儿，我去哪儿啊？

我说，都说你迟早会到北京找姥姥姥爷。

苏雅姐姐说，那，你想跟我去吗？

听她这么说，我心里别提多高兴了，我连忙说，当然想去当然想去。

苏雅姐姐说，那你一定要锻炼身体，长得快快的，我好带你去。

苏雅姐姐说这话的时候盯着我的眼睛，很亲切很诚恳，我一下子就把锻炼身体当成了最重要的事情，长大后在操场上跑步、跳高、跳远、打球，始终记得苏雅姐姐给我说过的话，想早些长得壮壮的跟她去北京。一中校园里有很大的操场。跑道、足球场和铅球、手榴弹、跳高、跳远场地都有，学校每年春秋举办田径运动会时，苏雅姐姐总是跑道上的接力手。有次我本来只是想跟她跑着玩，看电影时碰到的戴眼镜的小伙子找到我，递给我一条毛巾。小伙子那天上身穿件红色绒衣，下身蓝色运动裤，脚上一双白球鞋，人干干净净，说话轻声细语，我爽快地接过了毛巾，看到苏雅姐姐跑过来，就向她挥毛巾，姐姐把毛巾接到手里继续往前跑。下场后苏雅姐姐手里攥着白毛巾，边跟我说太危险，以后不许再递了，边用眼睛寻找着什么，我给她指了指远处的"红绒衣"。"红绒衣"正在向我俩这个方向看，苏雅姐姐脸红了一下。

二

有天妈妈让我给高老师还一本书，书名是《母亲》，封面上画着一位围着头巾的苏联老太太，目光直射，双手交叉在前面，人高高的，很坚毅的样子。我还了书坐下来，听苏雅姐姐和高老师聊一个叫"张赵什么什么"的人，这时敲门声响了。苏雅姐姐开门迎进一个年轻人，原来就是那个戴眼镜的"红绒衣"。他手里托着一个罐头瓶子，里面游着两条小金鱼，一大一小，一红一黑。高老师见了他很高兴，站起来打招呼。平时昂着头的苏雅姐姐显得格外温和，她接过罐头瓶放在饭桌上，对我说，程程，你还不知道他的名字吧，他叫章兆文，你就叫他小章老师吧。

我说，小章老师，她们刚才还在谈你呢。

苏雅姐姐瞪了我一眼说，就你话多。

小章老师说，程程你几岁了？

我说，五岁了。小金鱼几岁了？

小章老师说，我哪里知道，你得问问它们。

苏雅姐姐说，我们的程程聪明吧！

小章老师说，跟你学的？

小章老师身材总是那么挺拔，一双眼睛乌黑乌黑的，在眼镜后面炯炯有神，他说话有节奏，与苏雅姐姐很默契。

他问高老师，您最近腰还难受吗？

高老师说，天一阴就难受得厉害，毛病是在挖排干渠的时候落下的。大冷天的踩在泥水里，回想起来太可怕了。

他们聊着天，我静静地看金鱼。

小章老师注意到苏雅姐姐脚上穿着丁字带黑皮鞋，踩在地上发出咯噔咯噔的声音，就问她，鞋在脚上舒服吗？

苏雅姐姐说，你怎么知道不舒服？

他继续问，怎么不见你穿啊？

苏雅姐姐说，这是我姥爷从北京寄来的生日礼物。外面土太大，穿一次得擦半天。

小章老师说，放着放着就该穿不上了。

苏雅姐姐脸一红，快速说，乌鸦嘴！

高老师端来一盘切好的华莱士瓜让大家一起吃，他俩才停止了闲聊。家乡因得黄河水滋润，加之夏季早晚温差大，瓜果格外甜，皮黄瓤白的华莱士瓜，是以外国传教士名字命名的，闻着香，吃起来甜。沙地里种的西瓜，有黄瓤、红瓤和白瓤多种，沙甜沙甜的。到了夏季，家家户户直接从地里买瓜，装在麻袋里。我的床下经常堆满华莱士瓜和西瓜，夜里闻着香甜的瓜果味入睡，经常梦见一望无际的瓜地。

　　一中校园西墙边是大片大片的农田，墙外就紧挨着大沙漠，沙丘边长着很多沙枣树、沙棘和甘草，时不时有蛇和蜥蜴出没。我经常跟着苏雅姐姐去玩沙子、打沙枣、摘沙棘、拔甘草。沙枣、沙棘很甜，可以直接吃，沙枣糊嗓子，她让我别吃多，还提醒我吃沙棘时要小心，有的里面会有小虫子。我们还经常把甘草洗干净掰成小段，放到嘴里嚼，吸甘草上甜丝丝的汁。

　　苏雅姐姐领着我买菜同样是美好记忆。我们有时候步行，有时候骑自行车去，在大得望不到边儿的菜地里，拎着篮子和网兜走在绿油油的新鲜蔬菜中间，看到熟透的绿色黄瓜上开着小花，紫亮紫亮的茄子压弯了秧苗，向日葵像是张开了笑脸，但并不像人们说的所有葵花都冲着太阳。西红柿有红、黄、紫、粉的不同颜色，到了地里，满眼的西红柿、黄瓜、甜瓜随便吃，干干净净的，根本不用洗，每次我们都能让篮子和网兜装得快拎不动。买回菜后，苏雅姐姐都要留我在她家吃饭，我发现别人家的饭一律比我们自己家的饭好吃。不同的是，他们家的碗和盘子比别人家小一半都不止。饭桌上一次摆很多小盘子，菜量小，花样多，苏正也端着小碗吃饭，不知道他能不能吃饱。

三

小县城的夏天虽然有些"早穿皮袄午穿纱，抱着火炉吃西瓜"的味道，但毕竟不像秋冬风沙那么大，是各种球类运动的好季节。一中操场北面隔条小马路就是球类和单双杠场地。有三个篮球场，三个排球场，四个单杠，四个双杠，四个水泥乒乓球台，夏天经常吸引很多人玩。苏雅姐姐人长得漂亮，会多种体育项目，一举一动人们都很关注，使她越发自信高傲。她最喜欢打排球，大热天里与同学打得两只胳膊上、身上全是土也满不在乎，结束后满身大汗，就拉着我去游泳池游泳。

一中的游泳池很大，是妈妈他们念师范时候挖的，夏天可以游泳，冬天可以滑冰，周围几个县城里都没有。苏雅姐姐说游泳靠的是技巧，不是胆子，淹死的都是会游泳的，越会游越会被淹死。妈妈告诉我，每隔几年就有跳游泳池寻死的，有学生、有教工，这些话使我死活不敢下水，长大了也怕水。苏雅姐姐和她的小姐妹们则天不怕地不怕一样，来到游泳池边后，先钻到杨树、柳树林子里，把随身拎的泳衣换上，再大声嚷嚷着，扑扑通通跳到水里，转眼像鱼一样自由自在地在水中嬉戏扑腾着，玩得很开心。

苏雅姐姐有时会拉我坐在游泳圈上到水里玩，我死活不肯，硬被几个人放到游泳圈上，我大声尖叫着死死扒着游泳圈，不一会儿就央求着要上岸。有次我还在游泳池里看到了小章老师，他会蛙泳，游在水里像只大青蛙。苏雅姐姐会仰泳，说仰着可以看到更明亮的天空。可仰泳多刺眼啊，她能看得清吗？我和大家羡慕地看着在水里自如地游着的人们，听着周围的喧闹声，心里很高兴。

冬天的时候苏雅姐姐还带我去滑过冰，让我坐在她弟弟的冰车上，推着我壮胆，一玩就忘了吃饭。没想到，等我上初中的时候，学校要搞学工学农，下令填掉游泳池种粮食，全校师生一起挖土填埋，游泳池填掉后土壤盐碱化，种不出庄稼，长不活树，也不好干别的，成了荒滩。等我上高中时，由于教学需要，学校又决定在校墙外重挖游泳池。新池倒是挖成了，但感觉怎么也不如旧游泳池，夏天连着淹死人，冬天滑冰老出事，有个教师滑冰时脚被卡住转了个一百八十度，从此变成了拐子。

有一段时间爸爸妈妈经常开会学习，我就溜到苏雅姐姐家看他们一家人打升级、争上游。我转圈看每个人手里的牌，很快学会了规则和技巧，我喜欢坐在苏雅姐姐旁边，偷看左右，悄悄给她透露牌情，有时候替上厕所的人打一会儿过过瘾。我最小，大家都让着我，感觉不错。我还跟苏雅姐姐学下象棋，看过她与小章老师下棋，他俩一下就是好长时间。

有次打升级是小章老师和苏正一伙，苏雅姐姐和高老师一伙，正打得热火朝天，有人敲响门。苏雅姐姐打开门。进来一个我不认识的小伙子，苏雅姐姐介绍，说这是田永强，家住黄管局大院，刚从外地转来一中，打排球时认识的。小伙子体格健壮，眼睛小小的，眯成一条缝，但很有光亮，他老爱搓自己的手，不太说话，就是坐着不想走。一看这个样子，高老师让苏正把牌让给田永强。苏正满脸不高兴放下牌躲进里屋。小章老师脸上没有一点表情，田永强出牌老错，苏雅姐姐时时悔牌，勉强玩了几局大家就散了。

转年过春节，大年初四的时候，我和小章老师又聚在苏雅姐姐家打扑克，玩得很热闹，田永强来拜年。小章老师提出让我替他接着打牌，他和田永强下象棋。下着下着，我看到田永强脸色不对，苍白而冷淡，推说家里有事就走了。从此，我在苏雅姐姐家不再碰到田永强。听说此后小章老师和田永强路上遇到，都会有一个先扭头走开。

四

那一年人们开始穿单衣的时候，一中校园里出现了大字报，学生老师们经常开大会、喊着口号上街游行。我家晚上经常有学生来，求爸爸帮着写大字报，写标语。忘记说了，我爸爸毛笔字写得好，过年常给别人家写春联。他看到有学生们来找他写字很高兴，和大家一起讨论写什么，怎么修改，用多大的纸合适。我睡的时候换了几拨人，半夜醒来发现还有学生在，屋子里烟雾腾腾的。又过了几个月，校园里闹腾得更厉害了，不怎么上课，爸爸妈妈闲在家里。学生们也不再上门请爸爸写大字报。爸爸情绪一落千丈，经常发脾气，妈妈老是指使我干这干那。不过，他们俩夜里关了灯很能聊，一聊就聊到很晚。

家里的压抑让我实在难受，我就出去看热闹。几次去苏雅姐姐家，发现她家里气氛不对，苏雅姐姐和她弟弟苏正都不如以前爱说话了。高老师对我依然很和善很慈祥，但好像突然变老了，很容易疲倦，坐在那里聊着聊着就打起了瞌睡，灰白的头发管也管不住地溜下来，遮了眼睛和鼻子。

快放寒假的某天下午，天很阴沉。我发现一中操场好像聚了许多人，高音喇叭先是播送歌曲，再是有人喊口号，走到跟前我才发现，主席台上站着五个胸前挂着牌子的人，每人背后还立着一个戴红卫兵袖章的同学，有男有女，左边把头的就是高老师。高老师头发乱着，中式棉袄上有个小口子，露出了白色的棉花，棉裤膝盖上的两团土还没来得及掸掉，在大声的口号和高音喇叭里的发言声中，她面色平静，头抬得比旁边的男老师高。我不认识胸前牌子上的字，只知道和别人的不太一样。不断有人上台发言，提到高老师的名字，也指责别的老师，声调都很高。不过，每当发言的人声调抬高，高音喇叭里就传出很强的杂音，他们只得压低声音，或匆匆忙忙结束讲话。

我找了半天，在台下人群中看到了苏雅姐姐。她默默站在高中班队伍里一个靠边的地方。有些日子没有见到她了，人依然漂亮，头高高地仰着，不过，我发现她脚上穿着的棉鞋没有以前干净，一缕头发垂在左眼上也顾不上管。我想和她打招呼，又不敢。风刮起来了，沙子打在人们脸上，苏雅姐姐抬起手来揉自己的眼睛。这时台上发言的人换了，声音有些熟悉，我向远远的主席台上望过去，发现那是个学生，像在哪儿见过，一时又想不起来，等听他讲了几句话，才忽然想起来，是田永强！他讲话速度很快，急促得像跑步似的停不下来，也不想停下来。他多次想抬高声音，但音量一大，高音喇叭就怪响，他脸憋得通红，又很无奈。他还是那么结实，眼睛小小的眯成一条缝。我是认出了他，但他又像陌生得难以辨认，已经不是那个在苏雅姐姐家玩牌、下棋的田永强了。当初他人慢吞吞的，说话很小心，不停看别人脸色。现在他被棉袄包裹着，左胳膊上戴着红卫兵袖章，头上扣着一顶绿色军帽，腰板挺直了，人像是硬气了很多。

大会终于散了，我来到苏雅姐姐旁边。她抓住我的手，我俩的手都是冰凉冰凉的，谁也暖不了谁的。我们都不说话，就这么拉着手，一起到主席台跟前找高老师。高老师已经走下了主席台，脖子上还挂着大牌子，苏雅姐姐迎着高老师走过去，当她伸手要摘掉那个牌子的时候，田永强急匆匆地走过来。

他冷冷地说，你不能摘。

苏雅姐姐问，为什么？

田永强说，这还用问？回家问问你妈，你们是怎么从北京来到内蒙古的。

苏雅姐姐一下子愣住了，脸色煞白，一句话也说不出来。高老师拉住女儿的手，转身朝着家属院的方向走去。多年之后，高老师给我说，当时她一点都不觉得胸前的牌子有多难看，有多沉重，那个牌子提醒自己要坚强起来。坚强是一种力量，是一种能相互激励的力量，为了女儿和儿子，自己一定要挺起腰来。我记得就在我们往家属院走的时候，天上忽然飘起了大雪，纷纷扬扬，好久都没停下来。

晚上回家后，我总想找机会把下午见到的事情告诉给妈妈，可妈妈不是让我撮炭，就是让我倒炉灰，要不就是帮她做饭。等消停了，倒是妈妈凑过来悄声跟我说，高老师遭殃了，几个学生贴大字报，说她是美帝特务。

我问妈妈，是不是因为这个她才被挂了牌子站在操场主席台上？

妈妈惊了一下，她在三完小上班，看不到一中的批斗会，她说，你再也不要去看这些大会了。

我问，为什么？

妈妈盯着我，支支吾吾地说，那不是什么好事情，小孩子不能看。

我说，我就是想看。

妈妈说，狗打架也要看！迟早要出事，干脆让狗把你的腿咬断算了！

我就是不服气，我见过的狗也有好几条了，不咬人，我从来就不怕狗。我这个人是个"顺毛驴"，觉得越是大人不让做的，越是有意思的好事，越是大人不让去的地方，越是好地方。爸爸妈妈反复告诉我不能乱翻大人的东西。他们自以为把家里所有的柜子、抽屉都锁好了才放心地去上班、串门或到街上买东西，等他们前脚一走，我后脚马上就去开抽屉。不开不要紧，一开才发现，大人其实很马虎，他们经常忘记锁抽屉，有的锁是挂在那里用来骗人的，不用使劲，一拉就开。抽屉里有爸爸用坏的烟锅子，妈妈断成两截的手镯，一个大厚本子里夹着一些大大小小的照片，其中有张新照片，上面是缺了门牙的奶奶笑眯眯地望着镜头，怀里抱着一个啃着手的婴儿，还有一张是一个刚能坐起来的小孩右手拿着一支钢笔朝镜头傻笑着，这两个小孩都是我。还有一些老照片，上面有密密麻麻的一大堆人聚在一起，有的坐，有的站，衣服穿得差不多，表情差不多，脸只有黄豆那么一点大。还有一张照片上我还看到了小时候的小章老师。

五

我六岁上学，比这里别的孩子们早一年。我喜欢上学，学什么都不费劲，功课门门优秀，很快戴上了红领巾。那时也没什么作业，课后主要就是玩。与同学玩沙包，到沙窝挖苦菜，去街上买零食。每逢寒暑假就央求爸妈带我去奶奶家，到那儿只管开心地玩，作业早就忘到九霄云外，开学前连夜赶作业，做不完急得直哭。有两次实在做不完，怕挨训，报到时就说作业丢在了奶奶家。后来虽下决心一放假就写作业，完成后再去奶奶家，但没一次做到的，照例是临近开学两三天才突击完成，怎么都改不了。

说起到银川找奶奶，还想起一件事。我个子长得快，超出了乘坐火车的免票线，爸爸不舍得花钱，有次冒险没给我买票。我觉得逃票不对，出站查票时毫不犹豫地说没买票，结果，被罚了款不说，爸爸还被训了一顿。爸爸的脸别提多难看了，他瞪着我恶狠狠地说，就你能耐，以后想去哪儿自己去，别跟着我！

爸爸虽然再次登上了一中的讲台，但教务长不是他了，他回家后越来越烦躁，不爱与家人说话，家里鸦雀无声、死气沉沉，妈妈的脸色也不好看，我就想到别人家，尤其想去苏雅姐姐家，听她和高老师聊天，看她们做家务。妈妈有几次不让我去，我偏去。去了两次，发现锁着门。放暑假的时候，在院子里我碰到苏雅姐姐，只见她低着头，迎面走着，看见我愣了一下像是要绕开我，距离太近又实在不妥，就微笑着走到我跟前。她望着我，眼睛里有些含含糊糊的东西，像是想说什么又说不出来的忧郁。她蹲下来，整理我的衣领，掸我衣服上的土，我衣服是新的，上面并没落土。她温和地问我，想不想到她家玩，我说当然想，苏雅姐姐站起身，牵起我的手，带我到她家。

这个家有段时间没来过了，但屋子里的一切我都是熟悉的。熟悉的家具位置，熟悉的好闻的味道，让我回想起过去的情形。高老师像从前那样依然安安静静地坐在她那只固定的椅子上，手里捧着书在读，见我来了，疲倦的脸上露出微笑。

高老师问，程程，你妈妈好吗？

我说，妈妈不如以前勤快了。

高老师说，是要生小弟弟了。

我心里别扭了一下，不想说这个。

高老师问，你愿意有个弟弟吗？

我说，不，我想有个妹妹。

高老师说，我过去教过你妈妈。你妈妈家里很不容易，她有一大堆的弟弟妹妹要照顾。

苏雅姐姐说，程程，告诉你个好消息，我下学期就要上班了，是去一中，和我妈妈在一起。

话刚出口，只见高老师用眼睛瞪了她一下，苏雅姐姐吐了一下舌头，脸红了。

我问，我放学以后，可以到学校找你玩吗？

姐姐说，不。最好别。还是到我家来玩。

我回答她说，那好吧。

苏雅姐姐把切好的华莱士瓜端过来，我吃着瓜，才开始打量屋子。我发现屋子里比以前显得大了，像是被搬走了些东西，书柜里的书少了很多，景泰蓝花瓶没有了，挂的山水画没了，花盆也没有了。高老师不如以前爱说话。

又坐了一会儿，有人敲门，苏雅姐姐打开门，来人是田永强。苏雅姐姐把他让进来。田永强还那么结实，眼睛眯成一条缝，他进门叫了一声高老师。高老师并没有朝他那边看，眼睛仍盯着手里的书。田永强坐下来后，高老师起身到了另外一间屋子。我忘了田永强和苏雅姐姐谈了些什么，我也听不懂，就觉出他们谈得疙疙瘩瘩的，苏雅姐姐很不自在。

田永强起身出门时对我说，你别告诉别人我来过这里。

这是他对我说过的唯一一句话。

我奇怪男人们的话为什么总是那么少，话多一点的小章老师在苏雅姐姐家见不着了。我爸爸话更少，妈妈抱怨爸爸不说话，以前他对学生严厉，红卫兵贴大字报说他是地主的儿子，在课堂上毒害革命小将，他到现在心里都不痛快。爸爸只要回到家就不停地写毛笔字，希望我和妈妈夸他写得好。我不像妈妈好不好一律说好，我即使觉得好也偏不说，有时趁爸爸不在，拿笔蘸上墨汁，哆哆嗦嗦胡画几笔，感觉一点意思也没有。

中秋节那天，爸爸把肚子像皮球那样鼓起来的妈妈送进医院，两天后，妈妈为我们生了一个小弟弟，取名叫小星星。小星星给家里带来了哭声，也带来了欢乐。小家伙从小就爱眯着眼睛笑，大家都很喜欢他。他的诞生让爸爸彻底换了个心情。

家里的东西爸爸历来看得紧，尤其是那辆飞鸽自行车，闲在那里也不让我学着骑。但我知道爸妈每天中午饭后雷打不动地要

"眯一觉"。我也先躺下来，双眼闭住，等爸爸一开始打鼾就起身出门，把自行车推到学校操场去学。人小车大，把不住，抓不牢，脚一踩上镫子就摔倒了，爬起来再练。估计大人快醒了，便赶快回家把自行车放到原地，到床上接着装睡。听爸爸睡醒出门推车，嘴里嘟囔着说自行车怎么像是摔着了。我心怦怦直跳，大气都不敢出。

小弟弟出生不久的一天，高老师让苏雅姐姐送来一袋北京肉松，让妈妈增加营养，还逗着弟弟玩了一会儿。宁夏老家经常有亲戚来给我们送些杂粮什么的，有天妈妈盛了一小盆黄豆让我给高老师家送过去。我进门后坐下来就对苏雅姐姐说，前几天我遇到了小章老师，他还扶着自行车后座帮我学自行车呢。话刚出口，我发现苏雅姐姐脸色不好，说红不红，说白不白，嘴唇紧紧咬着。高老师脸色也不对劲。也许是为掩饰自己吧，苏雅姐姐到厨房切了一盘西瓜，端来大家一起吃，谁也没有多说话。

又过了一年，在春节之前，苏雅姐姐结了婚，妈妈去参加了婚礼，说她的丈夫不是小章老师，而是已经上了师范的田永强。苏雅姐姐仍然住在我们院子里，偶尔见到，我发现她头发短了，戴了个发卡，走路比以前快了不少，有时迎面碰到，彼此觉得仍然是熟的，但又有些陌生。在我小学毕业那年，苏雅姐姐生了个女孩，取名叫小灯，比我弟弟小两岁半。妈妈说苏雅姐姐身体不好，孩子奶不够吃，哭闹得厉害。

弟弟小星星满三岁了，妈妈给他断了奶，改喝牛奶，有一段时间爸爸派我去打奶。天还没有亮就得出门，从一中家属院出来一直往西走，翻过一个沙包，走过一道小渠，才能看到奶牛场院子里发出的灯光。路上没人的声音的时候我心里慌，路上有狗叫，或者人的脚步声我害怕。在无边的夜色中我深一脚浅一脚地走着，胆子都快吓破了。但每当我抱怨这个小弟弟给我带来恐惧的时候，眼前就会浮现出弟弟招人喜欢的笑脸。就在独自去打牛奶的第三天，我遇上了田永强，从此隔三岔五都能遇到他。回家后，我给爸爸妈妈说见到了田永强，爸爸妈妈像没听见似的，什么话都没说。

时间飞快，就在我上初三那年春节，苏雅姐姐生了个男孩，名叫小亮。几个月后，谁也没想到，这年田永强由一个中专师范生直接考上了兰州大学研究生。1980年我考大学，苏雅姐姐随田永强与两个孩子一起搬到了北京。田永强在社科院搞研究，苏雅姐姐在图书馆工作，只是高老师没有活到这一天。

1988年秋我考上研究生，终于来到北京。国庆节苏雅姐姐请我到她家做客，我见到了田永强，也见到了以前大家很少谈起的苏雅姐姐的爸爸。发现他是个像弥勒佛一样的胖老头，穿着白色老头衫、黑色灯笼裤和条绒圆口布鞋，每天辅导小亮打太极。进门时苏雅姐姐告诉我，小章老师会来吃饭，他现在是北京同仁医院一位很有名的耳鼻喉科医生。

2020年8月3日完成

78

小芳与兰兰的流水

对于出生于20世纪60年代初的孟小芳来说，生活像又酸又甜，又苦又涩的遗留物，布满一地月光式的偶然，像丢掉了头绪的波光粼粼的流水。

从记事起在小芳脑海形成的所有印象，几乎都是从一个大院子开始的。小芳家住县城西边第一中学校园里。各地的一中通常都是最好的，院子大，师资强，条件有保障。县一中被高高的、又宽又长的正方形围墙圈着。厚而结实的围墙，曾经是她与院子里的小孩子们经常在上面奔跑的跑道，他们根本不用担心掉下来。围墙东边、南边、北边各有一个门，宽得可以开进卡车，小汽车进出很少，只有一两次。小芳上学的时候，一中有不少分配或下放到这里的教师活跃在讲台上，他们有的毕业于北京师范大学、华东师范大学、东北师范大学、兰州大学、湖南师范学院、天津师范大学等外地名牌大学，带着不同的口音，保留着不同的生活习惯，在这个边疆小县城里，一住就是几十年，有的最后埋葬在这里，有的在改革开放后调入大城市，极少回到自己的老家的。

小芳六岁上学，这时家属院搬来一户新邻居，三个孩子的父亲姓冯，毕业于天津师大，戴副度数很深的眼镜，嗓子有些发哑，普通话天津腔调很重，教初中物理课，黑板上的字写得很快，是斜体的，却很娟秀；母亲姓容，是学校的音乐老师，兼管图书室。这家三个孩子两女一男。老大冯兰兰和小芳同岁，个子不算高，梳着长长的辫子，稀疏的发帘盖在额上，大大的额头闪着亮光，她鼻子低矮，嘴大大的，双眼长长的，透出热情。她有一个妹妹，一个弟弟。小芳喜欢她的自信和能言善辩，常常待在她家，吃饭都不想回，在饭桌上看他们全家老小说话，看他们为一件事争得面红耳赤，谁都不让谁，这在自己家是完全不可想象的。

兰兰的爸爸多才多艺，会吹口琴、拉二胡，是篮球、排球和乒乓球高手。兰兰小时候经常跟爸爸打乒乓球，总也打不好。她爸爸还爱买木头自己做衣柜、小板凳、桌子等家具。兰兰在旁边看，趁爸爸不在偷偷用刨子刨几下，看着刨下一堆卷曲的木花很过瘾，有时候她还把刨花收好，带给小芳看。

兰兰和小芳都是妈妈做家务活的好帮手，买油、盐、酱、醋、茶、糖什么的，小芳总愿和兰兰结伴，她们不会骑车的时候步行，学会了自行车就一个带着一个骑车上街。兰兰是教小芳骑自行车的人，多少个烈日当空的中午，兰兰把自己家的自行车推出来陪小芳学。天上的太阳发出刀子一样的光，打在她们身上，她们挥汗如雨，但学骑车依然乐此不疲。学会之后俩人胆子越来越大，技术越来越高，骑空车不过瘾，有时后座上带着弟弟或带着同学到处跑，骑得飞快不说，有时还双手离开车把继续骑，居然从来没有摔倒过。在骑车的时候，世界的运动变为道路的颠簸，变为自行车两边的树木和行走及骑车的人，又具体，又实在。等到上物理课，当冯老师讲物质与运动的时候，小芳顿时觉着骑自行车感觉到的风沙、灰尘和倒退风景，原来都是物质与运动具体而微的存在，不是子虚乌有的。

小芳特别爱干家务活，小时候跟奶奶学过纳鞋底，现在又跟兰兰学织毛衣，跟另一个女孩夏夏学钩围巾、桌布、窗帘。自己的妈妈心灵手巧，本事大，在学校算术、语文、唱歌都教，在家会做饭，打毛衣，裁剪、缝补衣服。小芳有时趁妈妈不在，偷偷拿块破布学踩缝纫机，几次就学会了。兰兰的妈妈和夏夏的妈妈都不会踩缝纫机，夏夏妈妈好歹还会绣花，兰兰妈妈则连钩桌布都不会。她们经常把裁好的衣服拿来让小芳妈妈拼接，家属院里好多人家孩子过年衣服也拿来让她做。有年春节前,为了给邻居家孩子做过年衣服,小芳妈妈劳累过度中了风,口眼㖞斜,几乎半身不遂,小芳爸爸天天背着她去扎针吃药,才很快痊愈。

小芳很爱上学,因为到学校又上课,又做操,还能和同学一起玩,课堂上讲的那点东西,很快就能学会,一点都不费事。放学后她和同学们跳皮筋、玩羊拐、蹦方块、抓蜜枣核,一直玩到天黑了,才肯和兰兰一起回家。小学四年级的时候学校新分配房子,小芳家和兰兰都搬到了学校东北角的住宅区,仍然是同一排房的邻居。房子大了,多了间屋子,小芳有了自己的卧室,经常邀兰兰到自己家玩,小芳心里有话憋不住,经常把家里的事抖搂给兰兰。她们一致觉得大人很奇怪,教孩子们好好学习,自己却不怎么看书,让孩子不要串门,自己却经常串门聊大天,一聊一个晚上,吵得要命,而且人人抽烟,熏得大家连气都喘不上来。

小芳和兰兰的家离小学很近,从没住过校,没在食堂吃过饭,不知道食堂饭菜的味道。亏得搞忆苦思甜,才吃到了"大锅饭"。忆苦思甜经常搞,先是学校领导组织师生员工唱《不忘阶级苦》:

天上布满星,月牙儿亮晶晶,

生产队里开大会,诉苦把冤申,

万恶的旧社会，穷人的血泪仇，

千头万绪、千头万绪涌上了我的心，

止不住的辛酸泪，挂在胸。

……

　　唱完歌让请来的"旧社会"穷苦农民讲解放前的苦难，新社会的幸福。散会后全校学生吃忆苦思甜饭。大师傅在锅炉房的大灶上，用大号锅烧开一锅水，再往里放米糠、麦麸和菜叶子，熬成稀汤，给每个学生舀一碗，让大家感受旧社会有多苦，新社会有多好。小芳心里觉着忆苦思甜饭好吃，不敢说，知道说出来会挨老师批评，有次偷偷问兰兰好吃不好吃，兰兰也觉得好，说喝了一碗想喝第二碗，大师傅是她家熟人，好几次都给她盛了第二碗。

　　过年之所以让小芳记忆犹新，是因为家人变和善了，而且吃的东西品种丰富。小芳爸爸平时板着脸，什么家务都不做，可每逢春节来临却像变了个人，心情舒畅，待人温和，主动干活，不仅对孩子和气，还不让孩子们干家务活。妈妈提前给小芳和弟弟们买好新衣服、新鞋子，和爸爸一起准备年货，买回猪肉、羊肉、鸡鸭、带鱼、鲤鱼。猪肉和羊肉肥的炼油，瘦的炒熟放入两个小瓮，封在猪油里或羊油里。鸡鸭鱼洗干净收拾好，存入菜窖，能吃很长时间。年前家里蒸馒头、炸油饼、黄米糕、油果子和排叉，肉丸子、黄河鲤鱼和带鱼过了油，也装满两缸，炸一大盆西部特色小吃——先把猪肉馅拌好，鸡蛋摊成鸡蛋皮，里面包肉馅，再切成小块，放到油锅里炸熟，熬汤或烩菜放一些，特别好吃。葵花子、西瓜子、花生、核桃、水果糖、奶糖等也买回来了，留着过年吃。炸好的油饼、馓子、排叉放盘子里，摆在桌上随便吃。小芳家年前还准备了很多饺子馅——羊肉青萝卜、猪肉白菜、羊肉胡萝卜的，冻在窗外或放在凉房。爸爸把包饺子的面都提前和好。大年三十晚上子时，初一、初二、初五、初七必吃饺子。春节期间，拜年的人络绎不绝，多为同事、教过的学生、常走动的亲戚。小芳也到别人家拜年，走到谁家吃在谁家，人很累但很快活。平时每家都很节约，春节间一奢侈，本来特别想吃的东西，反而吃不进去了。大年三十晚上家家户户放炮，似乎新的一年在炮声后才能开始，小芳胆小，躲家里透过玻璃看爸爸在家门口点着二踢脚，捂着耳朵眼看着炮在天上爆炸开花，有时到兰兰家，看她和弟弟放炮。

得住学校之便，在小芳和兰兰成长的那个图书匮乏的岁月里，她们能够与书为伴。中学有段时间小芳彻彻底底地被文学所俘虏，全是由于小说《钢铁是怎样炼成的》。这是她爸爸的藏书，她读的时候已经被翻得很旧了，上面画有各种颜色的标记，以及问号、感叹号的批语。书里仍有大量不认识的字，但一气看过去，意思都能明白。她一头扎进这部小说，日夜不停地读，特别爱看保尔与冬妮娅在一起的那些段落，尤其是他们俩头次见面，相互追逐着的情节，深深吸引了她：

"捉住了，小鸟给捉住了！"他快活地叫喊着，累得几乎喘不过气来。

"放手，怪疼的。"冬妮娅想挣脱他的手。

两个人都气喘吁吁地站着，心怦怦直跳。冬妮娅因为疯狂地奔跑，累得一点力气都没有了。她仿佛无意地稍稍倚在保尔身上，保尔感到她是那么亲近。这虽然只是一瞬间的事，但是却深深地留在记忆里了。

她的脑海里从此深深植入了冬妮娅的倩影，永远去除不了。这个白净、活泼、天真而任性的女孩子，纠缠着她，那个敢作敢为的鬈发的保尔吸引着她，保尔与冬妮娅之间的每次情感波动，每次分合，都让她流泪，擦泪的纸片堆成小山。

尽管小芳当时还不知"爱情"是什么，不明白"钢铁"与感情有什么关系，怎样炼成的，却明白人美好的感情原来都在书里，看书就能感受到他们的呼吸、心跳、愿望，也激发了自己的想象。小说让小芳着迷，让小芳变得高傲而细腻。她再不愿出门玩耍和串门，除了上课、做饭、收拾屋子，就喜欢待在家里读小说。从《红楼梦》《三国演义》《水浒传》，到《青春之歌》《红旗谱》《野火春风斗古城》《小兵张嘎》《平原游击队》，再到《沸腾的群山》《阿力玛斯之歌》《红雨》，一本接一本地读。兰兰家有不少小说，兰兰妈妈管的图书室里有很多，借还都方便。小芳自己不跑腿，每次都是兰兰拿来，连夜看完还给兰兰，连轴转地读。不知哪一天，也不知谁开的头，《一只绣花鞋》《第二次握手》流入她们手中，她们偷偷藏在书包里，躲开大人视线，囫囵吞枣，昼夜不舍地读。终于，小芳用眼过度成了个近视眼。

小芳上初中那年还突然迷上了诗词，觉得当个诗人真了不起，想有朝一日也能像诗人那样出口成章。但这个理想离自己太遥远，怎么才能实现？她和兰兰讨论了多次，最后觉得还要信"熟读唐诗三百首，不会写诗也会诌"的古训，于是拿着家里的《唐诗三百首》和《宋词选》逐篇背诵。山水诗词的优美雅致、军旅诗词的粗犷豪放，尤其是爱情诗的甜美苦涩，让小芳沉醉，她认真地记在小本本上反复背诵，常和兰兰念叨背诗的体会。但兰兰对背诗不太感兴趣，她就去找夏夏。

夏夏是教语文最好的尚老师的大女儿，只比小芳小一岁，个子不高，脸蛋儿胖乎乎的，眼睛总是弯弯的，透着喜气，爱说爱笑。受父亲影响，她很喜欢古诗词，小芳经常和她你一句我一句地一起背诵。她俩订了个目标，一天背一首。就这样，坚持了一年，她俩真背了不少。什么王维的"大漠孤烟直，长河落日圆"，王之涣的"黄河远上白云间，一片孤城万仞山。羌笛何须怨杨柳，春风不度玉门关"，李白的"君不见，黄河之水天上来，奔流到海不复回。君不见，高堂明镜悲白发，朝如青丝暮成雪。……天生我材必有用，千金散尽还复来"，什么李煜的"问君能有几多愁，恰似一江春水向东流"，李清照的"昨夜雨疏风骤，浓睡不消残酒。试问卷帘人，却道海棠依旧。知否，知否？应是绿肥红瘦"，柳永的"执手相看泪眼，竟无语凝噎"，乃至《诗经·小雅·采薇》中的"昔我往矣，杨柳依依。今我来思，雨雪霏霏"，一大堆的诗句，对初高中学习古文帮助很大。

背过诗，肚子里"有货"了，小芳想，该写诗了。她确实很想写诗。有次她和兰兰、夏夏一起骑车到拦河坝看黄河，站在宏伟壮观的拦河大坝上，看着又稠又黄的河水奔流不息，河水那湍急的、磅礴的、滚滚向前的气势，让人一时间有被巨大神奇力量吸引进去的感觉。回到家后，她心潮澎湃，坐立不安。再重新读"黄河之水天上来，奔流到海不复回"之类的句子，感受着，激动着，酝酿着，眼看诗句马上就要从脑海里跳出来了，赶快拧掉钢笔帽，端坐在桌子前面，等着诗句的流淌。无奈，却一个字一个句子都落不到纸上。

有次小芳和兰兰、夏夏一起观看乌兰牧骑演出，看演员们表演《草原英雄小姐妹》，她们被甜美的歌声迷住了：

天上闪烁的星星多呀星星多，

不如我们草原的羊儿多。

天边飘浮的云彩白呀云彩白，

不如我们草原的羊绒白。

啊哈嗬嘿……啊哈嗬嘿……

台上活泼的小羊，英勇的龙梅、玉荣，让她心潮澎湃，不写诗无以平静。回到家里，坐在桌前，默祷诗句的到来，还是诌不出来。折腾了好几次，终于放弃了当诗人的念头。

小芳与兰兰也常闹别扭，有时是因为小芳穿得比兰兰好，兰兰拿零食给了别人没给小芳，有时因为小芳跟别人玩不跟兰兰玩，借到好书不给兰兰看，这些鸡毛蒜皮闹得她们几天不来往，几天不说话，迎面碰上，绕着道走开，难堪阴影笼罩之下，两个人心里都很难受，想和好，又使劲绷着。小芳从不主动认错，总能憋到最后，专等兰兰先过来讲和。兰兰很不服，她抱怨说："你就不能先理我吗？"小芳痛痛快快地答应"行，行！"，下次依然如此，不管错在不在兰兰，出来讲和的，始终是兰兰。

　　她们各自与自己的家人也有别扭。兰兰的弟弟是她五岁的时候妈妈生的，吃奶吃到三岁，随后一直喝牛奶。兰兰从八岁开始每天给小弟弟打牛奶。天蒙蒙亮的时候出发，出学校北门左拐，沿一条土路走到兵团"四九二七"，再往西，走进沙窝才能到奶牛场。天刚亮不亮，四周又黑又空旷，总觉得后面有人跟着。越安静越害怕，有狗叫或其他声响更害怕，风声鹤唳，草木皆兵，胆都吓破了，每次打牛奶都像是要去打仗。兰兰心里恨不得能尽快逃到别的地方。小芳六岁时母亲也为她生了个小弟弟，父母从此把所有的爱都倾注在他身上，根本不顾她的感受，出门带他，好吃的先紧着他，让她无奈。但弟弟眯眯着眼，腮上两个小酒窝，每次小芳洗碗把碗摔碎，都帮着说话，说是他打碎的，不让姐姐挨骂，可爱得让她心疼。她们俩说起这些，有对父母满满的厌恨，更有对作为家里老大苦命的不甘。

　　小芳的兴趣不停地变。初中时社会上盛行武术，小芳和兰兰被选入学校武术队，起初倒是新鲜，每天老师带着练习下腰、马步、蹲裆、打拳，枯燥乏味，耐性不够，练了一段儿不干了。后来她又拉着兰兰一起打排球，又脏又累，打得胳膊生疼，几天缓不过来，终于放弃。不久迷上了打篮球，但记不住规则，走步犯规，投篮很少投得准，练了一段，放弃。之后迷的是跳高，小芳有次看苏联电影《白痴》，高个子主人公很善于跳高，得了冠军之后，在观众面前喜悦地摆手奔跑。小芳喜欢跳起来那种飞的感觉，看了这部电影后对跳高更着了魔一样喜欢，和兰兰约好天天练习跳高，但怎么练也只能跳到一米二。体育老师多次说，如果像跳皮筋一样迈了右腿再迈左腿肯定跳不高，背跃式才能跳得更高。可只要跳背跃式，小芳就犯晕，跳高干脆不再学了。

初中时学校常组织学工学农。小芳和兰兰去农村割过小麦、豆子，挖过水渠，在砖瓦厂脱过土坯，每到中午，老乡就给学生们煮豆子吃，一人一大碗稀稀的面条，根本不顶饿。挖水渠当时也是常事，男女生都在一起劳动，把土挖在筐子里再抬走，早早就饿得前胸贴后背。有次正在校外挖渠，听说爸爸腿断了，小芳顿时泪流满面，撒腿往家跑。心想要是伤了，妈妈身体不好，弟弟还那么小，家可怎么办，自己怎么能养家呢？到家后看到爸爸安安静静坐在凳子上，说是走路踩着石子闪了一下，膝关节错位，到医院做了矫正，医生说伤筋动骨一百天，轻微活动没问题，还能上班，只是暂时不能干重活。小芳虚惊一场，从此她不再羡慕别人家了，别人家再好跟自己也没关系，只有自己的爸爸、妈妈、弟弟好才是真的好。

唐山大地震那年小芳十三岁，县里早预报了有地震，具体哪天不知道。正值大夏天，一中院子里家家户户用帆布或毡子搭成帐篷，整整齐齐地集中在离家属院不远的篮球场附近，地上铺个褥子，全家睡里面。小芳很喜欢帐篷，她把自认为值钱的东西当成宝贝，都压在帐篷里的枕头下，起初以为睡帐篷安全，天天睡在帐篷里。地震迟迟不来，听人们说黄河水位高于城里的二层楼，心想，地震一来黄河决口，睡哪里不都是一样的灌油瓶吗？小芳提议回家睡，家里毕竟舒服些，地震来了，发大水，就抱紧家里的门板逃命。小芳提前把全家人的毛衣毛裤都装到一个大包里，睡觉前放在门口，和衣而卧。地震终于来了，发生在某天凌晨4点左右，小芳在睡梦中觉得床铺摇晃不止，于是拎着包，飞速跑到门口，冲出家门，大声喊："爸妈快起，地震了！"一家人到了院子里，地还在晃，只穿着裤衩、背心。幸亏小芳带出了厚衣服才不至于太狼狈。唐山地震大，这里县城的不大，没听说有伤亡。后来见到兰兰，她说全家在帐篷里住，不用跑，房子院墙和凉房都没裂缝。她家的帐篷小芳进去躺过一次，觉得很凉快很舒服。

地震过后是伟大领袖毛主席逝世，全县城的人开始了大规模的悼念。学校礼堂里堆满花圈，每个班都派代表发言。悲痛是会传染的，大家肃立在如山似海的花圈面前，感到无比悲哀、压抑、无助。好在一个月后又传来了"四人帮"被粉碎的消息，学校开会，听广播、传达，组织大家游行。小芳和兰兰跟在队列里，时不时挥拳高喊："打倒王张江姚反革命集团！""坚决把无产阶级文化大革命进行到底！"就在这游行的喧嚣中，60年代初出生的那一代人共同走进了青春期的后期。她们与自己的同时代人意气风发，大家吸纳着八面来风，思想、身体、行为都在悄悄发生着变化。

初二后小芳个子长得飞快，一下子就到了一米六五以上，超过了妈妈。她眼睛大大的，睫毛长长的，黑黑的长发略带卷曲，梳成两条油光水亮的辫子，而且身材瘦瘦的，个子高高的，走起路来风摆杨柳，皮肤本来就白，借飞扬青春之力，白里透红，水嫩妖娆，令人刮目。小芳平时衣服和鞋子都干干净净的，最怕下雨下雪把泥粘到鞋上，怕大风把土刮到衣服上。爸爸出差给她买过两件最喜欢的衣服。一件是玫瑰粉的宽条绒翻领外衣，一件是带几何图案的宝石蓝毛衣，颜色款式都很漂亮很洋气。这两件衣服小芳分开穿，不管穿哪件，院里的姐妹们和同学们都用又羡慕又嫉妒的眼光看着她，她越发把小胸脯挺得更高了，不仅去照相馆照了相，还托人到北京洗成了彩照。

兰兰渐渐地显出了有点发育过早的微胖，她的皮肤奶油般白皙细腻，身材挺拔，高胸细腰，短发垂在耳边，穿得时髦而得体。后来兰兰父亲当了县里的领导，家搬到了一座大房子里，三间卧室，她自己住的那间足有二十多平方米，单人床、书桌、椅子，桌上红色台灯古色古香，教材、课外书、作业本，还有擦脸的友谊雪花膏，都放在伸手可及的地方。她家院子也大，养了一只白白的奶羊，她妈妈用羊奶制作酸奶，小芳第一次喝的时候觉得这简直是世界上最好喝的饮料。有时候与兰兰聊得太晚小芳就不回家，住在她家，躺在兰兰的单人床上，继续聊，不知道有多少话，聊也聊不完。聊理想，聊学习，聊全年级发生的有趣事情，聊各自班里捕风捉影的一些单恋或相恋的风流韵事，时而哈哈大笑，时而窃窃私语，聊着聊着不知不觉睡过去。有天她们聊到兰兰的姑姑在北京一所大学当教授，这句话像能够发芽的钢钉，立刻扎在了小芳心底。上大学，读博士，当教授，这些当时像是天方夜谭、白日做梦的说法，却让小芳下定决心。

高考恢复时小芳初二，以前与兰兰经常谈论的，像是远在天边的"上大学"，突然近在眼前，让她既兴奋又担心。兴奋的是有了希望，担心的是考不上，让人笑话，理想破灭。小芳决心全力以赴考试，一定要上大学，最好走得远远的，再不回到这个动辄风沙弥漫的县城。好在她从小各门功课都好，大目标现在确定了，学习动力就有了，初三高一成绩一路领先。

兰兰上高中后一味臭美，学习没以前上心，成绩开始下滑，父母亲看在眼里，急在心上，抓紧给她搞到了乡镇小学教师招工名额。兰兰犹豫再三，与小芳多次商量，不肯放弃难得的机会，高中没毕业就参加了工作。问题是，工作不久就招来了一个执着的追求者伍斌。兰兰曾经把两人之间的甜蜜细节毫无保留地告诉小芳，请小芳参谋、"把关"、拿主意。有次还拉着她一起去红旗电影院看电影。小伙子给小芳的印象就是各种各样的"大"：个头高大，浓眉大眼，说话声音粗大，一双大脚，穿着当时很少见的三接头皮鞋。小伙子买了不少葵花籽，三人边看电影边吃。看着身边兰兰美滋滋的样子，小芳一时不知是该为她高兴还是替她惋惜。那天的电影是斯琴高娃主演的《归心似箭》，美好的画面，斯琴高娃姣好的面容，小芳都看不在心上，就想回到家里学习。后来兰兰也参加了高考，偏巧又生病，上午考完，中午输液，下午接着考，最终落榜。

小芳从小爱当班干部，小学时当生活委员，收作业本，组织打扫卫生；初中当文艺委员，张罗唱歌跳舞表演文艺节目；高中当学习委员，帮老师往黑板上抄作业，收作业，高三的时候辞掉学习委员，为的是全力以赴迎战高考。1980年酷热的7月终于来了，高考那几天，小芳每天早上起来，草草洗漱完毕，吃过早饭，几乎是志得意满地走进考场。当时的高考升学率仅百分之三，能考上大学的凤毛麟角。小芳考上大学，县里送了个"五好家庭"的匾以示表彰，父母自豪无比，把匾钉在门框上面，每个串门的人都能看得到，一致夸赞小芳爸爸妈妈教育得好。

其实，小芳奋力考大学的最大动力是远离父母，家里从来不能自由谈笑的压抑，使小芳早早就产生了离家离得越远越好的念头。小芳身为教师却始终忙碌的父母从未辅导过她的学习，遇到不会不懂的地方，她宁愿找老师或同学请教，也不会问父母。爸爸妈妈给了她还算衣食无忧的生活，但过于严厉，从不谈心谈话。她心想，只有好好学习，让自己长上能飞到任何想去的地方的翅膀，才可以实现理想，成为想做的人。奇怪，上大学真的到了离家很远的城市，每逢放假却迫不及待回老家与父母团聚。到更远的北京定居生活之后，更是一年几次回去看父母，时不时还产生到父母所在小区买一套房住下来的想法。

高考过后是小芳和兰兰在红旗电影院看电影最多的时候，什么《他们在相爱》《海之恋》，什么《第二次握手》《丹凤朝阳》《残雪》，什么日本的《追捕》，南美洲的《冷酷的心》《叶塞尼娅》，她俩看了个够，有时候必不可少地带着兰兰那个大个子对象伍斌，兰兰与伍斌在黑暗中紧攥着手，小芳看在眼里，为他们高兴。看电影是恋人必经的过程。等孟小芳自己恋爱的时候，也曾与恋人牵着手，在暗处传递彼此的心意。在电影院里，她把照片递给恋人，胆小的恋人不敢接。他们曾一次次地在银幕前泪流满面。近些年，在电影院里，她看到自己的儿子儿媳在电影院里，吃爆米花，喝可口可乐，不停刷手机，很少见到流泪。

一晃几十年过去了，刚刚退休的孟小芳带着对幼年少年时期生活的怀念，陆续寻访过去的伙伴，回味过去的酸甜苦辣。尚夏夏高中毕业后考到了区外上大学，毕业后与父亲尚老师在乌海市安了家。冯兰兰的人生曾受伍斌左右，后来从学校里出来，开办自己的服装公司，疫情期间为武汉捐赠了很多口罩和防护衣。

　　伍斌最初是个很上进的小伙子，不甘心在乡里的供销社混日子，跟着建筑公司承包工程，逐渐积累了经验，几年后自己独立干工程，挣了不少钱，小芳上大学第二年他与兰兰结婚，婚后很和谐，兰兰生了一个漂亮的女孩。女儿三岁时全家搬到了地区所在地，他参与开采黄铁矿，挣了不少钱，成了令人羡慕的大老板，渐渐在外花天酒地，等伍斌发展到喝醉酒回家发酒疯、打骂的时候，兰兰与他离了婚。女儿很争气，学习一年比一年好，以地区状元的成绩考到北京大学，后留学澳大利亚，在全球知名的实验室里读博士，搞尖端科技研究。伍斌离婚后与一个小自己很多的漂亮姑娘结了婚，没儿没女，依然行为混乱，夜不归宿，回家动辄斥责打骂。近几年他越来越想念自己的女儿，几十万的留学费用由他全部负责，过年过节他经常去看兰兰的父母，送钱送物，亲如一家。

滔滔不绝

庄稼长在泥土里，然而，决定它命运的却是天。

——毕飞宇《平原》

那些我们不爱的人，

与我们有着太多的共同之处，

以至于我们无法爱他们。

——〔英〕约翰·伯格《讲故事的人》

描述一个人是件不易的事，回忆本是破碎、孤立、无常的，就像人在夜晚透过亮着灯的窗户所瞥见的情景。

——〔美〕玛丽莲·罗宾逊《管家》

　　我的记忆深处有幸留存了几个小城奇人行迹的点点滴滴，几十年来，这些人的音容做派就那么冬眠、蹲伏于某个暗处，可渐渐地，它们仿佛添了昼伏夜出的本领，开始纠缠我、踢打我，从背后挠我、推我，促使我重新回味。其中有一个姓张的人，在我们这些小孩子的眼里，和蔼可亲，风度翩翩，很有口才。他经常披着大衣，于各种公共场合旁若无人、口若悬河地讲上一通，开始听的人还多，后来就少了，于是，他不停换地方，但即使人走得一个都没有了，他仍然很有兴致地讲、讲、讲……

这是一个有阳光的初秋的下午，他披件大衣，在县医院大楼东门台阶上开始讲——

同志们、朋友们、老乡们，我的名字是张贵踵，大家一般叫我老张。

什么？哪个"踵"？噢，是足字旁边来一个重量的"重"，简单地说，就是脚后跟的意思，你问我为什么用这个字当名字？嘿，谁知道，老父亲给起的，当然，起这个名字的时候他还不老，也就刚过二十岁，人们问得多了，我请教父亲。他说，"贵"你还不理解？就是希望发财、有人抬举、不受穷，"踵"是从汉语成语"踵事增华"来的，意思是继承前人的事业，使它更美好完善，老父亲说是从南朝梁萧统在《文选》所作的序里挑出来的："盖踵其事而增华，变其本而加厉，物既有之，文亦宜然。"我父亲是教语文的，我父亲的父亲教过语文，我父亲的父亲的父亲也教过语文，大概我父亲也想让我教好语文，让我把他的事业继承好，干得更漂亮吧，你看我后来不也成了教语文的了嘛！至于继承没继承好，干得漂亮不漂亮，我说了也不算，得靠大家评价。

1943年端午节我出生在南粮台西马庄子东圪堵，那年是抗战关键时期，日本人在这里烧杀抢掠，傅作义的队伍奋力抗战，正是很艰苦的时候，在枪炮声中，爹妈在心惊肉跳的担忧中添了我。我是张家老二。上面有个哥哥，名叫张贵蹬，哪个"蹬"？就是蹬腿蹬脚的"蹬"，老爹说用的是古语"功蹬王府"，我也不知道是什么意思。我下面有个妹妹，名字叫张有莲。

我爷爷是地主，我爸爸是地主，地主办教育，自己教书。地主很可恨，一个人有三个老婆，我好不容易才知道，我爸爸是爷爷最后一个老婆的孩子，前面两个老婆生的都是"赔钱货"，没办法娶了第三个老婆，又生了两个姑娘，最后才生了我爸。听人说，我爹出生后，闹水灾，闹虫灾，地里歉收，爷爷抽大烟，一天到晚泡大烟馆，经常打长工，摔家里的东西，家底快败光了还死要面子，到处摆谱。所以，我完全同意农民对地主实行"转战"，不，是"专政"。我爷爷接受过农民的专政，据说把他吓出了尿裤子的毛病。毛主席在《湖南农民运动考察报告》里说，农民对土豪劣绅的"专政"威力很大，连公婆吵架这种鸡毛蒜皮的小事，也要到农民协会去解决。农民一专政，不法地主被吓得到处乱跑。头等的跑到上海，二等的跑到汉口，三等的跑到长沙，四等的跑到县城，五等以下土豪劣绅崽子则在乡里向农会投降。我爷爷没有什么地方跑，他一跑，地里的庄稼就没有人管了。他从来就没有出过绥远，最远的地方也就是包头和五原罢了。

我父亲只娶了一个女人，一个地主家的女儿，就是我的娘。我娘的娘家在她出嫁的时候已经走下坡路了，她父亲早亡，母亲多病，就靠几十亩好田维持着一大家子的口粮用度。所以，我娘自小会管家，人很要强，靠着家里的书自己教自己文化。娘是天下最好的人，和我们说话最多。凡是和我说话多的人都是好人，凡是不爱和我说话的都不是什么好人。我都上学了还和娘一起睡，晚上偷偷拱娘的怀，闹着要吃奶。娘没办法就让我含她的奶头，奶头干干的，什么都吸不出来，我也不撒嘴。娘办事情很干脆很利落，对孩子管教很严。有次我偷家里藏的一个小香炉换东西吃，被娘发现了，我还不肯承认，她解下我的细布条小裤带，让我爹使劲打屁股，打得惊心动魄，皮开肉绽。屁股真了不起，想想吧，一个人从小到大，承受了多少击打、嘲讽和谩骂！小孩的屁股，大人的屁股，方的屁股，圆的屁股，软的屁股，硬的屁股，白的屁股，黑的屁股，都逃不过被人蔑视和贬低的命运。你们看自己的屁股，裹在裤子里面，见不得人，见不得阳光，经常受到咒骂。但谁能没有屁股呢？它自古臭名远扬，但须臾不可或缺，你可以没有双腿，可以没有双臂，但不能没有脑袋和屁股吧。这里是我们县里最大的医院，医院里每天来来往往的有多少人啊？谁没有屁股？谁又愿意提起屁股？屁股让人羞愧难当，像是别人硬塞给他见不得人的倒霉东西，一件赃物，一件不想要不得不要的东西，一个每天都见面的穷亲戚，日日缠着你，跟着你，帮点微不足道、不足挂齿的小忙，添些不足为外人道的小麻烦。还有，离了镜子，谁也没法看到自己的屁股，屁股默默承受苦难，从来不争名夺利，它也没有资格。医院里什么器官的病都看，就是不用给屁股看病。屁股很皮实，很争气，从来不生病，在医院它除了挨针扎，一般不会露在医生面前。护士们面对各式各样的屁股毫无感觉，她们一视同仁，从容地将针头扎进去再拔出来，脸不红心不跳。我从小最怕打针，老实说，打针有时疼，有时不疼，链霉素就不疼，青霉素就很疼。疼我忍受得了，就是让漂亮的女护士看我的屁股，我忍受不了。我的屁股和大家的一样，终日不见阳光，白白嫩嫩，干干净净，如果被哪个丑老婆子看到，我即使不感到骄傲，也不会往心里去，如果暴露在年轻漂亮的小护士面前，我就会感到难为情。漂亮的女人总使人不自在、不知如何是好，别说能够看到我屁股的漂亮女护士啦。有一次，县医院注射室的大眼睛护士小何给我打针，我紧张得要命，半天不肯脱裤子露屁股，好不容易露出一块地方，可整个肌肉都绷得紧紧的，最后差点连针都拔不出来，我好担心，如果拔不出来，那该怎么办？难道带着针、光着屁股离开医院吗？我怎么回家，我怎么到学校？别人怎么看我？

话扯远了。

同志们、朋友们、老乡们！

说完我屁股挨打，该说我妹妹了。我妹妹有莲屁股挨打的时候很少，她生下来很正常很乖，当时家里已经有了两个儿子，爹娘不担心了，也不反感，满月、百岁、生日都叫亲戚们吃了饭。但两年过去了，三年过去了，有莲不会说话，不会走路，头发是白的，所以她小时候经常被带着上医院。听爹娘说，他们带着她上磴口、临河、包头，到各种医院看病，吃了各种药，用了各种办法，都不见效。有莲四岁那年，有个老头上门要饭，看到保姆怀里抱着个白头发的女孩，就上来询问，告诉保姆到东升庙里找马老和尚去看看。我爹不信，不肯去，我娘相信，她带妹妹去东升庙找老和尚，我也一块儿去了。其实，马老头不是和尚，是道士，头上戴个奇怪的帽子，一点都不推辞地收了妈妈给他带的家养的母鸡和地里的芋头、玉米、土豆，扒拉开妹妹的眼皮，掏了掏她的耳朵，看了看她的牙，攥着妹妹的手，眯着眼睛使劲不停地捋啊捋的，最后开了个方子给我娘。娘照方抓药，白头发治好了，走路和说话是后来才好的。

对人来说，走路说话最重要。不会说话有多难活啊，嘴不只用来吃饭，还用来说话，这更重要。说话才能和人交流，说话才能得到你想要刨闹的东西，当然说话也可能让你失去不少东西。什么？你问我为什么这样说？好吧，我告诉你，我就是因为说话多丢掉了老婆。

我老婆当初是我们南粮台十里八乡都有名气的美人坏子，是村子里木匠老罗的儿子罗大头介绍我认识的，名叫吴改梅，她父亲是另外一个村子里的吴铁匠，家里只有一个小子，倒有四个女儿，她排行老三。人们都说豆腐房里出美味，皮匠家味道臭，铁匠家的人四大五粗，可吴铁匠家的小子瘦瘦的，闺女细溜漂亮，尤其是这个老三，不说沉鱼落雁，也有些闭月羞花的味道。

大概上高中二年级的时候吧，罗大头经常带我到二黄河边的小河里游泳，认识了吴铁匠家的儿子吴大海，家里的老大，长得一点不结实，大家嫌他像女人，小瞧他，有个坏家伙还脱他的裤子，要看他有没有小鸡鸡，小鸡鸡长没长毛。

游泳的时候罗大头反复给我说起吴大海的妹妹吴改梅，过了几天，就答应带我去见吴改梅。看到这个羞怯、秀气的大辫子姑娘时，我想起了红色小说里面时常出现的那些农村姑娘，初见陌生人时两手绞着长辫子，低头看着自己的条绒方口布鞋，睫毛长长的——乡间有着无数这样的姑娘，天真、勤快、可爱，她们化成巧芳、彩莲、改枝的名字，本质是一致的，水灵灵、粉嘟嘟，是人间的彩虹、雏鸟、地上的嫩苗、小树，河里的小鱼、蝌蚪，她们口气清新，笑脸迷人，带着羞怯，带着热情，在姑娘间说个不停，在小伙子面前却没了话。头次见面，我俩也没多说话。

改梅小学毕业，成绩很好，招民办教师的时候考到邻村小学里当教师，数学、音乐、图画、语文，什么都教。和我结婚后，她搬过来和我住，不再帮娘家种地。我们都教书，都喜欢教书，都喜欢和老乡说话。特别是我，喜欢和老乡，和学生说话，喜欢和每个与我打交道的人说话。每个人都有命运，我的命运就是说话，我把说话当成了生活的目标，不指望逃避无常的命运，只求搭建起生活的桥梁，通过说话，不停到达多个地方，多个目标。说话是一种路途，通向一些与自己产生联系的人，规避一些障碍物，特别是要带领改梅过文明生活。改梅长得标致，但人很土，我想矫正她，修理她，掸掉她身上的土，长出文明的翅膀，让她顺着我的指引，飞向文明的未来。我下课回到家就帮她提高文化，给她念书，我让她阅读《红岩》《欧阳海之歌》《敌后武工队》《三家巷》，反对她读《青春之歌》《苦菜花》《野火春风斗古城》，怕她看了那些有大段卿卿我我描写的小说长心思、添本事。我给她讲北伐、抗战、解放战争、抗美援朝，孩子出生后，让孩子与她一起听我讲鸦片战争、太平天国、义和团、辛亥革命、军阀混战、土地革命，他们在我雄辩而富于感染力的倾诉中昏睡过去。

对了，还没说我们的孩子呢。结婚第三年，1966年中秋节那天，改梅给我生了个儿子，叫奔子。我希望他活泼，身体健康，将来能奔上更好的生活。我娘说奔子的名字不好，容易碰着、磕着，她反复叮嘱改个名字，我不答应，娘就改叫奔子为柱子，说柱子常见，好活。儿子来到世上激发了我们对生活的想象，这个小小的家更有意思了，我又多了一个说话对象，我的情绪从来没这么高涨过，无论温暖炎热，潮湿阴冷，不管风雨雷电，霜雪严寒，我都热情地倾诉、说理和议论。不过这改变不了缺吃少穿的现实。当教师的没有地，不种田，就靠那点微薄的工资，穷是我们最富于标志性的资本。没别的本事，为给改梅和孩子补营养，我这个笨人学会了掏麻雀，麻雀虽小五脏俱全，除了嘴都是肉。我爬到树上，登梯子凑到屋檐下面，到可能有麻雀的地方，像找书本一样找麻雀。我也光临人家的马棚、驴圈，偷马料，偷驴吃的，捡里面的豆子回家煮着吃。

一家人吃饱了，我就跟改梅和奔子说话，给他们讲四季天空上飞过的鸟，讲黄河水面时时呈现的细微差异，让他们知道，山制造了大地景观，水孕育了生命，人就是在羊水里度过前十个月的，所以，大家别不爱吃羊肉，羊肉是好东西，我本子上记过李时珍在《本草纲目》里说的话：羊肉能暖中补虚，补中益气，开胃健身，益肾气，养胆明目，治虚劳寒冷，五劳七伤。还有人说，羊肉能治虚寒哮喘、肾亏阳痿、腹部冷痛、体虚怕冷、腰膝酸软、面黄肌瘦、气血两亏，你看羊肉有多好……

可我爹一辈子不吃羊肉，他说羊是世间最珍贵的家畜，是洁净的兽类，是献给珍爱的人的。他从来不看人屠宰羊，不穿羊皮，不穿羊毛衣，这是我们谁也不理解的。我娘总说，快一辈子了，就是这件事情不理解我爹。等到我爹病得快死的时候才告诉我们，小时候在野地里迷了路，是一只山羊把他引了出来。我们都不相信。真实的情况是，他小时候有过一个相好的，从小爱养羊，和小母羊一起睡觉，不许杀羊，不吃羊肉，她不幸九岁的时候发天花死了，爹一直都记着这个女孩。

改梅起初在我的滔滔不绝中偶然仰起脑袋，眼睛里满满的倾慕，我受到她眼神的鼓舞，越发来了精神。我没有一天不给改梅讲生活中的各种奥秘以及中国发展的历史，我一说起话来，就什么都忘记了，我忘记了时间的飞逝，忘记了家里没有粮食，忘记了给老岳父祝寿，忘记了认认真真地看看老婆的身子，忘记了她肚子的那个痣在左边还是在右边，只记得是在肚脐的上面。我忘记了她是否爱打嗝，是否抱怨过我缺少对她的爱抚，我甚至忘记了她右眼还是左眼眉毛下长的那个瘊子是怎么给治掉的，是在哪里？是冷冻，还是开刀？是在县医院，还是在公社卫生所？我在教室里说，回家也说。我爱说不爱听，即使听，我也只爱听那些让人高兴的话。改梅每个月总有几天不高兴，她说这个时候不能行房，所以，既不爱说话，也不爱听我说话，但我想不通，人怎么能不说话呢？我们说着话有多美多好啊，还有什么比说话、倾诉、发誓、宣讲更了不起的啊。世界上根本就没有不能被解说、阐明和展现出来的东西，没有表达就没有世界，没有生活，没有人的价值。别看四季运转不停，黄河水不舍昼夜，如果没有人的认识和表达，这些统统不会有任何意义。

又扯远了。

同志们、朋友们、老乡们！

说到哪了？噢，我刚才说到了四季和黄河水。四季是老朋友，只有它们有能力指挥万物的荣枯，安排人的作息和衣着，决定人类的聚会或交往。平静的河水流淌着人类的时间，也受到人类影响，黄河同样如此。黄河在成河历史过程中，运动不息，受人类活动的矫正、苛求与日俱增。人类每天受益于黄河，又每天祸害着黄河。黄河从碛口县流过，给小城带来四季不同的景色，而潜藏在水之下，沙石砥砺，河泥累积，地质变化，自然灾害频发，没有预兆，突如其来，我们家几代人生长在黄河边，被自然环境所塑造和规定，爷爷喜欢睡芦苇编的席子，爸爸爱吃黄河鲤鱼，改梅爱在黄河边洗衣服。

有了孩子后，改梅不再喜欢我的言谈，经常打断我，有时候在我正兴致勃勃的时候，她问我要不要买猪崽，要不要牵只母羊，要不要养些来杭鸡，给孩子补补营养，在我正要给她讲"社教"运动重要意义的时候，她偏插嘴说小翠家最近买了收音机，兰子家墙上挂着挂历，城里卖好看的被面，脸盆有个好的图案，这些咱家什么都需要添。我反对家里有收音机，有了收音机人就不交谈了，改梅更不会听我说话了。后来她还添了个毛病，经常回娘家——这次说岳母不舒服，下次说有个鞋样子要取回来，再不就说娘家那边的亲戚要订婚、结婚，要不就是孩子过满月、过百岁、过生日，找个理由就离我而去，在娘家逍遥。尤其是假期，带孩子一住就是好长时间，慢慢地，我知道了，她是在躲我，她烦我说话。没有假期的时候她就带儿子去串门，到野地里玩，去河边洗澡，夏天游泳，冬天滑冰车。

又扯远了。

同志们、朋友们、老乡们！

不过，说到滑冰车，我的故事就长了，我要从我的哥哥张贵蹬说起。哥哥是个运动健将，运动项目他没有不会的，跑、跳、铁饼、铅球、游泳、篮球、排球、足球、乒乓球，他还特别喜欢冬天滑冰，就是不喜欢和女人来往。我有了孩子他还没结婚，这在农村很少见。1971年快腊月的时候，哥哥处了个供销社女售货员，长得还好，就是脸长，有点獠牙。我最烦脸长的人，獠牙更难让人忍受，况且女人。她老子是公社的头头。这就都好办了。

也怪了，一般人都待在家里搞对象，我哥谈对象却约了去滑冰，而且还非要带上我们家的奔子。奔子高兴极了。所谓滑冰其实也就是滑冰车，用钢筋条和木板做成简易的冰车，人坐在上面撑着两个冰锥，在冰上自由滑行。冰车是木匠之家和铁匠之家一起做的，我想罗大头和吴大海都贡献过力量，简直称得上是稳扎稳打、牢固可靠、坚不可摧。而且，滑冰车那天，天气出奇的好，万里无云，阳光明媚，二黄河冰面一望无际，洒满光明，没有黑暗，没有水、声音、气味、烟雾，甚至也没有飞鸟，只有人的心灵的自由在寒冷的天气里像鸟一样地飞啊飞啊飞。想想看，两个大人牵着一个小孩，画面一定很美。三个人兴致勃勃，像是画家笔下巨大景观的一部分，被各种莫名其妙的兴高采烈鼓舞着，想必，那诗意的情绪、高涨的情绪，强烈的想要大展身手的情绪把他们包围了、淹没了、攻陷了、消失了。事实是，坐在冰车上的奔子被淹没了，他的冰车不知什么时候消失了，离开了他大伯，蒸发一般踪影全无。但证据是铁定的唯一的，无边的冰面上就只有他们三个人。两个大人本来是想找清静地方的，不过清静得太过分，太纯粹，太王八蛋，太要命，太天涯海角，太无依无靠，太一览无余，太没有证人，太什么都没有。我们不想知道当时的情景到底是什么样的，肯定这位大伯心大得太没圈儿，太与新认识的女店员陷入说话的泥潭，太不知道他的侄子会被冰吃掉，被河吃掉，被深渊吃掉，被陷阱吃掉，被太阳吃掉，被天空吃掉，被万物吃掉。我的心肝，我的太阳，我的小家伙，我的一个人滑冰的小家伙，我的依然大概高悬的太阳，我的仍然那么晴朗的天空，我的世间没有谁看到奔子是怎么消失的天空啊。

到哪儿去找奔子？你根本没地方下手，几尺厚的冰啊，无边无际，老天怎么就偏偏不放过我们家奔子！我到哪儿去说理！老天怎么了？怎么这么不给人活路！奔子才五岁啊，学还没上呢，我和改梅都没有机会给他买铅笔盒和书包，更不用说给他讲课了。

天塌了，天不存在了，地塌了，地不存在了，我们家彻底、永远、完全陷入了黑暗、空洞、虚无。

奔子走了，改梅回娘家，她不打算回来了，她不愿意听我说，她不愿意跟我说，我不愿意让她走，她不愿意不走。没有她在身边，没有奔子在身边，我不愿意做任何事情，不愿意感觉一切，不愿意得到任何意义，世界像戴着无数只巨大的面具，对我不愿意的苦难无动于衷，对我不愿意的生活无动于衷，语言从来没有这么空洞过，语言从来没有这么无力过。

我不再教书，我的课堂太小，我教的孩子太小，我的课本太小，我的黑板太小，我开始走出家门，打算向全人类敞开自己的内心，告诉他们老天的不公、我的苦难，问世间还有没有道理可讲。这些年来，我到过磴口县所有的大地方：火车站、县委、新华书店、红旗电影院、县医院、西副食、东副食、邮电局、五金公司、糖厂、汽修厂、拦河闸，我到哪里演讲，哪里就人山人海。不过，好日子没多长，三年前有人把我拦下，带我坐到一辆带栅栏的大汽车里。车上的人穿白大褂、戴白帽子，彬彬有礼，他们把我拉到远远的地方，不让我出路费，最后卸进一个大院子里，那些穿白大褂的和我同样留在那个院子里了。我在那里有吃有喝，风不吹，雨不淋，无忧无虑。在那里可以随便说话，随便演讲，就是觉得听众有些怪，他们歪歪扭扭，站没站样，坐没坐样，有的听不懂我说的话，表情很怪，大喊大叫，扰乱秩序。

妹妹有莲去看过我，她胖得简直不像个样子，脸长成了个大月饼，腿粗得赛过院子里的树，胳膊比男人的腿都粗，站起来肚子挡着脚，眼睛小得快见不着了，她见了我就哭，烦，麻烦死人了，哭甚？一哭眼睛就更看不见了，只能看见脸，我这才发现她脸上红一块，紫一块，让男人打的，还是在哪儿碰的。命不好，喝水都噎死人，从小不顺，她一直不甘心，娘一直不甘心，娘是在她家里去世的，死的时候两口子都在地里劳动。

我在那里患上了头疼，就是头疼，也不是偏头疼，疼起来是整个头都疼，不想吃饭，不愿喝水，不爱见人。我要出去，不想在那儿了，我给哥哥贵蹬写信，他去了，把我接到他家里。他和供销社的那个长脸女猓牙没结婚，以后再没找过女人——不管是长脸女人，还是圆脸女人，牙好的，牙不好的，他都不碰。接我那天，快到腊月了，哥哥给我带了一件棉大衣，那个大衣双排扣，我就喜欢双排扣。双排总比单排的好，两股道比单股道好，两个人力量比一个人大，但两个人在一起坏的事情，犯下的罪，也肯定比一个人犯下的大……

老张那天照例把天讲黑把人讲没了，只剩我和同班的进东听到最后。能想起来的，能开动脑筋补充的，我搜肠刮肚都写在这儿了；当然，遗漏错讹肯定很多，可惜无法找到补充和核对的人。前几年我碰到进东说起来这场演讲，进东说老张是在新华书店台阶上讲的，根本没提到妹妹张有莲。我问进东，老张在我走后怎么样了，他说老张在他哥哥那儿住了好长时间，最后同意回到有白大褂照看的地方了。

2020年1月17日

雨夜，响起枪声

人们总担心记忆里的一些事情会沿着各自的轨道，脱离掌控，走向虚无，无法还原曾经的模样和细节。但我得说，你尽管放心，有些事如同种在记忆里，注定让你永远无法摆脱。

——题记

一

在20世纪六七十年代，北方小城里的警察难得一见，他们从事着别人看不见的工作，像是隐藏在某些角落里那样不为人知。不过，即使人们用不着他们帮忙，也依然会将自己的崇拜和敬意献给他们，就像献给解放军一样。我们的马明骏就是小县城里为数不多的警察之一，他始终让人羡慕。明骏是个苦出身，十一岁才开始上学，家里太困难，险些读不下去，幸亏他早逝的父亲有位河北同乡丁立岩在部队当官，帮衬了不少。丁立岩参加过珍宝岛战役，打起仗来不要命，在一场场恶仗中多次受伤，右肩伤得重，导致比左肩低，头上有块弹片一直没取出来，遇到阴雨天就头疼难忍。丁立岩有能耐，不到三十岁当营长，几年后升为副团长，但他待人严苛，性格暴躁，周围的人都很畏惧。得益于长辈间的交情，丁副团长资助明骏把书读下去。明骏很争气，懂得下苦功，中学读完考上一所卫校，后来组织上又送他到大城市学法医，到司法鉴定科学研究所深造，一步步把他培养成了一名熟悉破案所需技能的人。丁立岩没有为明骏走后门，毕业后明骏一头扎到西沙沟村派出所当治安民警，这里地处三县交界，人口多，流动性大，经常发生各种打架斗殴、诈骗赌博的案件，抢劫盗窃也不少。明骏能吃苦，爱琢磨，有刑侦知识，到乡下没几个月就接连破了好几个让当地人头疼的案子，很快显出了头角，让来办案的县里公安看中，1970年国庆后被调到县上的公安局，专门搞破案。

明骏总是说自己学会破案是一点一点积累起来的，最初破案的时候，他把老师教的东西写在卡片上拿着，一边查现场，一边看卡片，想套旧案子经验，急得满头大汗。到县公安局后碰到一起上吊案，到乡下现场看到有个妇女吊在树上，脚上的袜子是新的，却没穿鞋，他和不少同事认为这是自杀，一位断案经验丰富的老警察分析说，死者家离上吊的地方不近，得穿过两块耕过的地才能走到大树那里，现在袜子却是崭新的，说明是别人把她弄来放上去的，不是自杀，是他杀！卡片上哪有这些东西啊，这让他明白，实践出真知，出现场是最好的积累，要想从表面深入到本质，一定得多走多看多积累才行啊，不走这种路，学不到真本领。他在一次次踏实的工作中老老实实学习，渐渐成长为一个破案高手。

明骏长得精神，到县里后给他介绍对象的就没断过，他都不应承。原来，他已经心里有人了。之前在西沙沟工作的时候，经人介绍认识了代课教师王海兰，他们第一次见面那天正值寒冬腊月，海兰围着一个彩格围巾，穿着花格棉袄，嘴里哈着白气，脚上穿双发出咯噔咯噔声响的小棉鞋，他发觉姑娘一双丹凤眼，梳两条大辫子，人长得非常像电影《英雄儿女》里的王芳，好感油然而生。明骏和海兰的婚礼是在1971年小年那天举办的，城里参加婚礼的人们都记得，那天的明骏头发梳得很用心，四个兜的蓝布中山装棉袄很合身，胸前戴着毛主席像章，下身穿的是绿色军装裤，脚上一双崭新的大头鞋，踏在地上咚咚咚的，庄重、威风又帅气，在场姑娘们的目光无不追随着他，他和新娘子恭恭敬敬站在老人对面，跟着司仪的号令，鞠躬行礼。那个大嗓门的证婚人就是父亲的河北同乡丁立岩丁副团长。饭堂里早已坐满了人，除了新郎新娘周围的人还在关注婚礼进程，坐得远些的人们，心思早跑到满桌子的酒菜上了，大家迫不及待地喝酒、吃饭，尽情享受小城里的一次美好宴席。当时的日子远没好起来，婚丧嫁娶是解馋的唯一机会。其实也没什么好吃的。杀了一头猪，炖了些大锅菜，每个桌子上都用大盆盛了好多馒头、发糕，开了两瓶白酒，碟子里还放着一些花花绿绿的糖块、散装烟卷儿、瓜子儿、炒黄豆什么的，堆得挺多。这种热闹俗气的婚礼，像是一堆放久的萝卜、土豆，让大家过后不再能回想得起来。婚礼上人们记住的事情并不多，只记得小伙子们起哄，把苹果吊起来让明骏和新娘子吃，明骏咬住了新媳妇的嘴唇，踩脏了新娘子脚上的新皮鞋。

警察那身警服倒是漂亮威风，但谁想过他们工作的艰苦、忙碌和默默无闻呢？明骏根本不可能休假与海兰多享受几天新婚的快乐，婚后第三天便接到侦破一个杀人案的任务下了乡。赶到现场后，他不听乡里的汇报，先到现场勘查，发现死者家大门口地上丢着的一小袋咸菜，和被害人正房门口缸里的咸菜一样，都是腌萝卜和黄瓜什么的，农村亲戚串门的时候，主人会顺手从自己家菜缸里拿出些咸菜送给临走的客人，所以他断定来的"客人"肯定是熟人，不熟的人上门临走，主人肯定不好意思拿咸菜送人家。根据这个推理，他找来了嫌疑人——这家女主人的侄女婿。

果然，案发那天这位侄女婿非要借女主人仅有的三百块钱，这数额在当时算是很大了，他拿到手就不想还了，干脆起意杀了女主人。

1972年大年初五邻县一家百货商店发生爆炸，炸死十二人，人们听说明骏破案有办法，就请他过去。他到了之后，县里见着他的面就要开会汇报案情，明骏说得先去看现场，不看现场连东南西北都分不清楚，听汇报也听不明白。他在离现场不远的地方，发现一把由两根铁管自制焊接而成的锤子，根据制作工具不够专业，推断作案者有可能在一家小工厂工作，而且这家工厂有切割机，能生产同等尺寸的钢管，然后顺藤摸瓜找到了爆炸案的元凶，是一个报复性作案。有不少人说破案要靠"第六感"，明骏觉得一切线索都埋藏在现场。

"第六感"是大量经验积累而来的，不跑现场，不研究那些蛛丝马迹，哪来破案的灵感？破完案子过一段时间，明骏只要有机会总要回访，查阅犯罪嫌疑人的供述笔录或者当面讯问，结果发现，那个"侄女婿"和"小工厂工人"犯罪前后的心理活动过程，以及使用的手段，和他当初推断的基本相同。有些与他推断不同的，他也要分析是什么原因。

为了破案，他每年大量时间都在外出侦查，与家人离多聚少。每次明骏办完案回到家里，把提包放下总要先拥抱海兰，拍海兰的头顶，整理她的发辫。每逢此时海兰就异常幸福，明骏会说，看你，向我保证过见面不哭的，怎么又哭了。海兰说，我没有哭，我保证一滴泪都没掉。但她管不住自己，很快就泪流满面。他们抱在一起享受着重逢的感动，久久未曾分离开。不过，他们在一起不会很长时间，往往几天之后又要分离。百货商店爆炸案破获后回家的第三天一早，明骏又要离开，他觉得时间不会短，很难为情，他对海兰说这次要走十天左右，闹不好要半个月，反正你知道时间过得会很快的。海兰说，你为什么要这么说？你骗人，你明明知道一个人在家时间过得一点儿都不快。说着说着，海兰的眼圈又红了起来，眼泪就要掉下来。明骏不在家的时候她最害怕黄昏与黑夜，那沉沉的无边夜色，像是铁网，包围着她，限制着她，让她恐惧。海兰渐渐养成了记日记的习惯，自己与明骏聚散无常的婚后生活在日记里都能见到。等她用完两个日记本，记第三本的时候才发现，1971年、1972年不到一年时间明骏下乡、到外地跑案子的总时间早就超过了他在局里上班的时间。海兰对这种离多聚少的生活也慢慢习惯了，明骏不在的时候，她常常会回味自己与明骏重聚的情景，她还在日记本里记下他们的每一次重聚。1972年2月19日她是这样记的："今天星期六，雨水，是个大晴天，在黄昏的一片彩霞中，我终于等回了明骏，刚进了家的明骏嘴里哈着白气，从腰里把枪解下来，与我紧紧抱在一起，他捧住我的头，使劲把嘴压上来，说些让我脸热的傻话。分别也就不到二十天，可我感觉好像分别了好几个世纪一样，我们得花两三个小时才能赶掉彼此的陌生感，重新熟悉起来，像是召回老朋友。"海兰吃饭的时候请求明骏抽时间带着她回趟他们初次见面的西沙沟乡下，好好看看西沙沟的河道、沙丘与沙枣树，看看她过去在那里代课的学校，明骏答应了，说这种机会会很多的，不着急不着急。

二

1972年4月底的一天，公安局一位同事无意中说到，他去军区团部办事正好碰到丁副团长，发现他脸色不好，八成身体不舒服，团部也有一些奇怪的议论。说者无意，听者有心，明骏这才发现自己结婚一年多来忙工作，还没去看过丁立岩，顿觉心里不安。他抓紧搞了些东西带着，在五一劳动节那天，骑上自行车和海兰一起去团部看丁副团长。团部在小城偏西的地方，院子里盖着整整齐齐的几排平房，住在里面的人多为军人，有战士，有勤务员，有执勤的，大部分像丁立岩那样穿部队服装，进出都要登记。院子里有不少武器，过去曾经发生过枪支被盗或擦枪走火的事情，明骏还来出过现场。丁立岩家院子很大，有菜地，停着三辆新旧不同的自行车，进到宽敞的屋子里后，发现收拾得明亮、整洁，家里进门靠墙就有当时还不太多见的组合柜，一台缝纫机，有沙发茶几，一个小桌子上有电话。明骏进门后把自己带的一只鸡、一些鸡蛋、一只兔子交到丁立岩家属孙阿姨手上。部队上的人把女主人称为"家属"而不是夫人、爱人、老婆什么的，明骏以前还不太习惯。孙阿姨留着短发，很精神，明骏进门时她正踩着缝纫机做衣服。明骏最讨厌女人留过分短的头发，总觉得那些刻意让自己显得精干利索的女人其实都不顾家，她们走路风风火火，精力过分充沛，在外面把自己搞得忙忙的，心思都在别人身上，关心别人的吃喝，关心别人穿的衣服，很爱扎堆聊些有的没的，从不管家里有多乱有多少活儿需要干。比如海兰学生方大强的妈妈，明骏总能在街上碰到，每次一碰到她，她就把短发往后一甩，盯着明骏的眼睛问今天吃了什么，海兰怀孕了没有，百货大楼来了新布料给海兰买了没有，还问知不知道公安局的哪个民警要提拔了。明骏不喜欢回答她的问题，尤其不想回答最后那个问题，就像不喜欢她那头清汤寡水的短发一样。可是丁副团长夫人孙阿姨的头发虽短却不让他反感，而是让她显得很平易近人。看得出，孙阿姨有些开始发胖，这使她的热情更富于长辈般的慈祥，她见到明骏的高兴不像是装出来的，这很让明骏心里宽慰。

丁立岩穿着不带领章的部队衣服，脚上一双军绿色胶鞋，眼睛依旧明亮，但略显疲惫，他知道明骏经常外出办案，很忙，明骏和海兰上门看望让他很高兴。明骏两口子坐定后，丁立岩问他俩工作怎么样，有一搭没一搭地打听着公安上的事情。女儿丁志红身上穿着白色毛衣，一块红色的头巾像火一样围在脖子上，丁字口皮鞋上沾了一些土，让她显得好接近了。海兰掏出一个花格手绢扎成的小包，把带的一些花生、几颗蜜枣、几块饼干递给志红。明骏看到志红给海兰递过一只柿饼子，海兰不想接，又不好意思推，他知道海兰最近不知怎么搞的胃口不太好，不爱吃这样发干发硬的东西，志红并不勉强，坐了一会儿就带海兰到自己房间里去了，后来和海兰一起去住在院里的周小清家串门。

丁立岩知道明骏是带着枪的，也清楚明骏永远把枪藏得牢牢的，枪就是命，命就是枪，失去了枪就失去了命，这正是他反复教导过的，但枪还是不可避免地成了丁副团长和明骏的主要谈资。明骏发现丁副团长精神头不足，目光不聚焦，说话有些颠三倒四、没头没尾的，他说起几种不同型号步枪手枪的优劣，说起他在珍宝岛如何百步穿杨，负伤依然能射中敌人，说着说着他让明骏把枪拿出来。明骏的枪插在一个棕色皮套子里，从腰里掏出来之后明光瓦亮，很刺人眼。丁立岩左手拿过枪，右手拉了拉枪栓，随后用手来回在枪身上抚摸着，眼睛里发出一种让明骏感到陌生的光亮。由马明骏的枪，丁立岩不知为什么说起去年叛逃的林彪，说起林彪和枪的恩怨。他对明骏讲，听说1937年打平型关的时候林彪从日军缴获的物资里挑了一匹浑身雪白的骏马和一件日军大衣自己用，第二年3月去晋绥军防区拜访十九军七十师师长杜堃的时候吃了一亏。说是晋西北山区雾气非常大，即便很近的距离，也很难看清楚人的模样。林彪骑着白马，穿着日军大衣，被防区哨兵误以为是日本军官，遂举枪瞄准射击，子弹从林彪前胸打进去，击穿右肺，林彪应声倒地，幸亏经过军中名医傅连暲的治疗，病情才好转，但落下了阴雨天伤处疼痛难忍的毛病，由此丁副团长又说起他自己头上的弹片，一遇到阴雨天，伤处就疼。听了这些话，在旁边踩缝纫机的孙阿姨说，老丁有时候是烦躁不安，有时候是疼起来简直要命，折腾得很厉害。两口子的话使明骏增加了对丁副团长的敬意，但他也隐隐感到，丁副团长神情涣散，好像有什么心事藏着，就像有那块弹片牢牢地盘踞在脑袋里一样。回家后明骏对海兰说，让他感到不安的不是丁副团长身体上的病，而是他心里面的不痛快。

三

北方的春天万物生机勃发，但明媚的春光并不能让海兰高兴起来，明骏经常出门办案，家里就海兰一个人，心里空落落的，很孤独。那是5月中旬的一天傍晚，明骏还没有回家。小清找她去大院，说晚上部队文工团来演样板戏《白毛女》，海兰看着天有些阴，本来有些犹豫，经不住劝就跟着去了。戏唱得一般，海兰爱看是因为觉得大春很像明骏，说话干脆利落，走起路来雄赳赳的，在喜儿最需要的时候前来搭救，就像明骏总是在她最想念的时候回到家里一样。那个晚上真热闹，一晚上台上演员卖力地唱，台下孩子们使劲疯跑，黄世仁出来的时候大家就起哄，唱的什么根本听不清。她注意到丁副团长和孙阿姨也去看演出了，他们坐在最前面，安安静静的，明骏不在跟前，海兰也不好意思去打招呼。

演出快结束的时候突然电闪雷鸣，很快下起了大雨，海兰看完演出从小清家借了一件雨衣急匆匆回家。到家时已接近10点钟，海兰浑身淋得湿透了，正要开门发现锁已经打开，推门进去看见明骏坐在椅子上脸色阴沉，看到她淋成那个样子很不高兴。他告诉海兰，天快热了案子特别多，帆布厂副厂长家被盗，抽屉里的高级香烟、粮票现金，凉房里的粮食、干肉都丢了，特别是他们家的宝贝进口收音机，音量大，音质好，据说全县没有几台，也丢了。红矾厂厂长丢了一台苏联造缝纫机，通身红色，性能优异，愣是让拆开运走了。明骏还说，最近还发生了一些拦截妇女的案子，作案人蒙着脸，手段恶劣且接连作案，别到处乱跑。海兰红着脸嘟囔了几句，埋怨明骏经常不在家，明骏不再说什么。这天俩人躺下聊了很久，本来都很乏，聊着聊着睡意全无，又不禁全心全意温存了一番，在雨声中好不容易睡着，蒙蒙眬眬地听到有人狠劲砸门，明骏穿好衣服开门出去，雨哩哩啦啦下个不停，折回头来告诉海兰有任务，说他得马上赶到局里，穿上雨衣就走了。

次日，雨后的早晨天气晴朗，空气清新，阳光温暖，但昨晚明骏的话和明骏半夜被叫走，让海兰一点轻松不起来。她来到学校后发现气氛不对，教研室里老师们议论纷纷，一个副校长问她昨天晚上有没有听到枪响。海兰班里的学生方大强住团部大院，今天没有到校，上课前家长派人来请假，说是生病了。课间操快结束的时候来了几个公安上的人，把学校里里外外搜了个遍。警察走后校长召集全校教师开会，告诉大家昨天夜里丁立岩副团长在团部大院开枪打死了人，带着两支手枪畏罪潜逃，非常危险，要求大家一定提高警惕，注意安全，有线索赶快报告，班主任千万叮嘱好自己的学生。海兰下课后抓紧时间回家，想问问明骏是怎么回事。路上她遇到同事的爱人王栓柱。栓柱在二中教书，学校与团部大院简直就是一墙之隔，他说丁副团长人高马大，长得很精神，几乎每天早上都能看到他穿着军装，扎着腰带和战士们一起出操，锻炼身体，没想到出了这样的事情。吃午饭的时候明骏照例不在，晚饭的时候海兰看明骏不可能回来，就草草吃了几口，赶去方大强家帮他补课和完成作业。

团部大院早加了岗，方大强家经保卫处同意，由方大强妈妈带海兰进院。海兰发现方家很安静，收音机里播送着新闻和社论，传出的声音很洪亮，客厅里坐着方大强的父亲，身材高大，表情严肃，只冲海兰微笑了一下便继续看报。方大强并没有生病，只是大院封锁不让出门，海兰给方大强说完作业的事告辞，又过去还小清雨衣。开门的是小清的姐姐小源，她热情善言，在民政局管登记结婚的地方工作，海兰明骏登记的时候还给她发过糖。海兰发现小清脸色很不好，没什么精神，躺在床上，和看演出时比像是换了个人。小源接过海兰的雨衣之后就说，昨晚的大院枪击案把整个团部搞了个人仰马翻。今天上面来人了，挨个找院子里的人问话。小清昨夜受惊吓，又有些着凉，睡得昏沉沉的，先别管她。看到海兰好奇，小源把房门关紧，压低声音说，昨晚从礼堂看完戏回到家，你走后雨越下越大。我们洗漱完毕躺下，小清还跟我开玩笑，说将来要给我找一个像大春那样的人当姐夫，我跑下床拧她脸，说小小年纪就姐夫姐夫的，也不臊得慌。笑着一会儿又躺下，小清看小人书，我看爷爷留给我的《水浒传》，但看了一会儿直犯困就关灯睡了。正睡得迷迷糊糊，我忽听有人大声嚷叫，是女人那种很慌张，像是被惊着了的声音。

我们家的房子靠近围墙，墙外有条没铺炉灰渣的土公路，半夜有时会发生拦路抢劫和打架斗殴，我以为墙外又发生了类似事情。爸爸下部队蹲点不在家里，家里连个男人也没有，我有些紧张。妈妈从里屋出来问奶奶是不是听见喊声了，奶奶说听到了，奶奶问是不是老丁两口子又闹起来了，我们两家大人很熟，奶奶还问妈妈要不要过去看看。

看到海兰很好奇，小源像是受了鼓动似的继续说，我们家和丁副团长家前后排，他家后门离我家前门也就十多米，这两口子近些天经常吵架，孙阿姨总骂丁副团长没良心，有时候还摔盘子摔碗，闹得鸡飞狗跳。我扯远了。妈妈和奶奶说话的时候，外面传来女人喊救命的声音，紧接着是叭叭两声枪响。妈妈听到枪声，赶紧到客厅给宋副指导员家打电话。电话接通后妈妈放下电话，让我先把电灯赶快关掉。她打电话的时候，外面又传来四五声枪响，大约过了十几分钟，我听到伴随着雨声，窗外有很多急促的脚步声，掀开窗帘一角往外一看，好家伙！大院里站满了穿雨衣拿枪的战士。这时奶奶走过来对我说，别看了，到床上睡你的觉！你想，我这个年龄还不太清楚事情的严重，上床倒头就睡过去了。

小清这时候插嘴说，我可不行，我吓坏了，听到枪响出了一身汗，浑身发抖，一晚上没睡好。小源显然意犹未尽，接着告诉

132

海兰，听大人们议论，丁立岩当上副团长后越来越霸道。有次在百货商店看到一只手表不错，二话不说戴到手腕上就走，第二天才让警卫员把钱送过去。有次河北老家部队来人参观考察，他嫌县里的欢迎组织得不好，大庭广众之下把武装部副政委骂了个狗血喷头。大家觉得他太嚣张，想干什么就干什么，还说他在蹲点勾引和欺负女人，公愤很多，有人写信向上面反映，不知道哪儿传出风声要处分他，让他提前复员，丁副团长觉得有人暗算他，加上每天回到家里老婆对他冷言冷语，没什么好脸子，说他吃着碗里看着锅里，他气很不顺……

小清说，姐，就你什么都知道，怎么不让你到展览馆当讲解员呀。小源回道，去你的，别打岔！今天早晨我推开院门，发现大院前门站着两个持枪的战士，西墙靠大路那边站着两个拿枪的战士，后门也有两个战士，都拿着枪，这是大院里从没有过的。紧接着，大院管理科打电话通知各家谁都不许出院子，在家等着问话。快到中午的时候，爸爸从下面的部队回来了，正好赶上大院的大搜查。我从爸爸妈妈讲的和电话里听到的是这样的：起初那两枪是丁立岩向他老婆开的，宝贝女儿志红拉了一下，子弹才没打到人，他老婆从家里高声叫喊着跑出来后，丁立岩发疯似的从家里追出来，撞上跑到院子里的严副指导员，一枪打到他肩膀上，把他撂倒。接着提枪去了团长家，敲门没人应，也没人开灯，丁转身来到高指导员家，高家卧室灯开着，他立刻从卧室窗外向屋里开枪，指导员战时经验丰富，一个骨碌滚到床下，家属被打死。还有一种说法是，丁使劲敲高指导员家的门，屋里灯亮了，丁在暗处，透过敞着的窗子，从窗外朝里把指导员家属打死。丁逃出大院时还打伤了一个保卫干部，那晚共死一人，伤三人，现在不知道他正在哪儿流窜。

听了姐俩说的，海兰心里更七上八下为明骏担心。

四

接下来十几天马明骏都没有回家，他不说，海兰也能猜出他的去向。

儿童节很快到了，学校放假一天。海兰早上起来胃不舒服，不想吃东西，人变得很懒，没有一点精神，月事好长时间不来了，于是想上医院看看有没有毛病。

出门走到街上，她发现四处贴着盖大红印章的布告，上面有丁立岩穿军装、不戴帽子的相片。她心想，一个月前还上他家看过丁副团长，他那么随和，问长问短，成熟稳重和善，怎么一下子就成了"现行反革命"？街上那么多的人，谁会知道她和照片上这个脸庞丰满、目光坚定自信的"通缉犯"有过如此之近的接触呢？

布告吸引着街上人们的围观，但大家来去匆匆，议论一番也就忙自己的事情去了，和平常不一样的是，街上闲逛的人很少，站在街上聊天的也不多。海兰心情很复杂，丁副团长毕竟是她和明骏的证婚人，如果明骏追到他，真能下决心抓他或向他开枪吗？她很难想得明白。

大概有孩子的人都带孩子玩去了吧，这天县医院里病人不多，内科接诊的女医生穿白大褂，戴白口罩、白帽，露出的眼睛是单眼皮，脖子长长白白的，没有一条皱纹。她询问过海兰怎么不舒服，把听诊器放在自己手上来回摩擦了几下才伸到海兰身上，随后让海兰躺在床上轻轻地手压腹部，女医生的手柔软细腻稍显冰凉，让她感觉很亲切。问过海兰有没有吃过饭，女医生开了个化验单，让她去验血。看着大夫话并不多，海兰本来要起身走，没想到女大夫摘下了口罩。原来医生是位标致的美人，她的嘴和鼻子都太漂亮，简直让海兰嫉妒。当时没听说过口红，女大夫的嘴唇却红如樱桃，上下微微启动，就说出了一句让海兰最盼望也最意外的话：照我看，你可能怀上了。看海兰发愣，女医生才又说，你再挂个妇产科的号看看，十有八九是有宝宝了。

这"宝宝"两字从女医生嘴里说出来，是那么自然，那么不可避免，使海兰早上心头的灰暗一扫而光，听罢医生的嘱托海兰红着脸高高兴兴给女医生鞠了个躬离开内科。这时，她突然有了饥饿的感觉。妇产科比其他科室人都多，走廊上男男女女，老的少的，靠墙的长椅上坐满了人，海兰在经过医生办公室的时候，发现大夫们在压低嗓门议论着什么，她还断断续续听见了丁副团长、逃亡、枪声之类的词，她想去找志红，回头一想作罢了。海兰好不容易排到，接诊的仍是一个女医生，很和蔼，看到医生左手无名指上戴着一个银色的戒指，这在当时极罕见。海兰在这里停留的时间很短，所有的事情都没那么重要。重要的是医生确认了海兰怀孕已有四个多月。她遵照医嘱，过半个月又来做了次检查，女大夫还告诉她一个更为惊喜的消息。

五

对海兰在医院经历的这一切毫无所知的明骏此时正奋战在抓捕第一线。

丁立岩逃亡后局里第一时间找到他，明骏听了案情介绍很吃惊，他后悔自己当初察觉丁副团长不对劲没有及时留意做做工作，简直不可饶恕，局领导批评他警觉性不高，鉴于他侦破水平高，与丁立岩没有牵连，让他进入了侦破小组。

该案案情较少见，轰动一时，上面派来了专家小组，实施全国抓捕，要求活要见人，死要见尸。这是马明骏职业生涯中参与的第一个惊动上面的大案。

专案组通缉令发布后，各地陆续冒出了许多线索，好像丁立岩随时随地都可能出现，而所有的重要线索都需要明骏随专案组前去查实。有天专案组接到报告，说是黄河边的老羊滩漂出一具男尸，身材偏胖，头上有疤，很像丁立岩，专案组申请了一架直升机，直奔现场，这是马明骏有生以来第一次坐飞机。飞机降落到山西一个偏僻的地方，县名里也带个偏字。当地老百姓从没见过飞机，稀罕劲儿就别提了。他们什么都不干了，放下手头所有事情从田间地头、工厂和家里直往飞机降落的地方跑，不一会儿就围了个里三层外三层。见此情景明骏想，老话说得好，干活的时候没人，看热闹的时候人挤人，这种场面真是开眼。下了飞机还要开车才能到达现场，但车没开多远就进入了沙漠地带，车子走不了，出不来，只能带上勘查检验现场必备的工具和照相器材在沙漠里步行前往。

明骏他们走了整整一个晚上，带路的人却说离现场还远着呢，几近崩溃的一行人咬牙坚持，寻到一个老乡家放倒身子睡了一觉接着往前走，次日中午12点来到现场，发现尸体已高度腐烂，经明骏他们检验，死者虽头上也有疤，头皮里却没有弹片，而且有阑尾，肯定不是丁立岩。

1972年的6月眼看就要过去了，军区所在内蒙古、山西、河北境内城市公社以及山里的沟壑、山洞、河渠、林地，无论大小都搜了一遍，丁立岩仍不见踪影。后来有两位铁路工人提供的线索把他们带到了山西中部南郊的一块麦地，一具高度腐烂的尸体压倒一片麦子，两把枪抛在一边。勘查后，死者血型和丁立岩档案里的血型一致，头部有疤且弹片藏在头皮里，尸体腐败程度也符合逃出时间。到现场的孙阿姨说死者穿的毛背心是她亲手织的，鞋是她给买的四眼松紧口黑条绒布鞋，鞋垫肯定是他混的"野女人"给他纳的，随妈妈而来的丁志红也点了点头。

　　专案组又听丁立岩夫人讲了一遍那天夜里发生的事情。她说，其实老丁被"挂"起来已经有一段时间了，5月17日晚上的天特别阴，文工团要在团部礼堂演样板戏《白毛女》，老丁头疼的毛病又犯了，焦躁不安，神情恍惚，我劝他去看戏，还可以分散一下注意力。过去我们两口子一道去看戏根本不可能，老丁总是很忙，没一点空闲。没想到好不容易一起看一次戏，老丁却被惹得很不高兴。他发现人们看他时的神情不对劲，有的虚情假意打着招呼，有的远远躲开，一些已婚的女人，唯恐与他碰面，我看老丁不高兴就说咱们回去吧，反正戏也不新鲜。老丁呵斥道，老子倒是要看看这帮狼心狗肺的家伙到底还怎么甩脸子给我看，妈的，没过河就要拆桥！你想，他过去屡立战功，少年得志，至

138

今身体上都有弹片，一个像大春式的英雄人物，现在一下子成了人人喊打的黄世仁，心里能不憋气吗？戏散的时候勤务员已经拿来了雨衣。我说回家，他说要去团部查哨，结果就带回了枪，在他冲我开枪那一瞬，天上一个大雷劈下来，我觉得整个世界都塌了，在一起这么多年，经过了那么多磨难，怎么能说翻脸就翻脸？我再不对也是孩子的母亲啊。枪响后我眼前迅速出现的是我早上刚给他换的那件天蓝色府绸衬衣，我给他织的毛背心，刚给他买的浅鱼肚白秋裤，刚缝好的驼色尼龙袜子……

丁副团长夫人说不下去了，明骏看到丁志红此时泪流满面，她说自己的爸爸精干沉着，因为敌人的弹片留在脑袋里，头痛经常发作，每逢阴天下雨就像变成了另外一个人，神情恍惚，烦躁不安，脑子不清楚，有时还穿错衣服，拿错东西，做出一些自己都感到莫名其妙的事情，如果他头上的弹片能够取出来，身上没有那么多枪伤，那天如果不下大雨，也许不至于杀人吧。但这些也不能为他开脱，她无法相信他竟然会开枪向妈妈射击，他雷电交加之下映照出的神情，是恼怒、尴尬还是羞愤，她来不及甄别清楚，只记得自己最亲爱的父亲的脸在枪响一瞬间扭曲得极为难看，神态恍惚，眼角的血丝几乎连成了一片，她的手紧紧抓着他的一只衣袖，发现袖子上有个小扣子脱了线快掉了……

经过一个多月奔波，马明骏终于回到家里。为迎接明骏回家，海兰心里酝酿过多种方案，接受明骏的拥吻之后，她给明骏看了两件自己亲手缝制的婴儿衣服，两件衣服一模一样，她知道自己这个做法很俗气很像电影里的情节，但到底还是没忍住。

几个月之后的一个深夜，经历剧烈胎动的海兰被明骏送到医院，来到产科病房的时候，羊水已经开始滴答，双胞胎，胎位不正，绕颈，孕妇贫血，必须马上剖腹。值班医生、麻醉师、护士紧急响应，手术进行的时间不算短，年轻的主刀女医生沉着、机敏、专注、果断，等孩子一一取出，包好，洗完手的女医生脱帽擦汗，摘下口罩，冲着拥在床头的明骏和海兰说，祝贺你们！两个幸福的人回头一看，才发现，给海兰开刀的女医生正是丁立岩的女儿丁志红。孩子出生离国庆节还差三天，马明骏执意给他的两个儿子分别起名马国、马庆，希望他们长大后也当破案的警察。

（本文得自少时的记忆。作者对中国警察网等给予的启发深表感激。）

孰能无情

每个人心里都有口像是由时光日积月累的深井，放下去一只桶，就会打出清亮的水，这水不一定如你期待的那样甘之如饴，但毕竟沉积了岁月赋予的一切，以及情感变化的涟漪。

——题记

一

秋冬的北方进入了前冬眠期，1986年秋冬的连敏云却过了一段最紧张忙碌的时光。

这是新中国成立三十七周年的第四天，校园小假期过后恢复了往日的喧闹，连敏云一早讲完两节文论选读课，回到系办公室取信报的时候，系办主任递给他一份通知。敏云迅速看了一遍。大意是说，学校拟派他参加自治区讲师团，到边远地区支教一年，具体任务和出发时间另行通知，望做好相关准备，等等。留校一年来，连敏云只顾读书、教课，对周围发生的事情浑然不知，这个通知让他心里咯噔一下，转念一想，自己是小字辈，未婚，党员，男性，这类事情似乎非自己莫属，于是冲着和蔼的主任微笑了一下，算是应答。此时上课铃声在走廊响起，没有人和敏云搭话，敏云也没有要说话的对象，提醒自己早些离开系办公室，躲回自己的小窝。他马上想到，自己不得不放下已经接手的文论选读课，放弃在哲学系进修的哲学史、美学史课程，做好准备，以便进入陌生的环境，开始新的生活。留校之后他满脑子奋斗蓝图，有太多想做的事情——全力以赴备课，完成好分配的教学任务，旁听喜欢的课程，向老教授们请教，到藏书充足的图书馆深度阅读，不断提高自己，继续考研，实现到京津名校读研究生，最终到北京生活的梦想。

回到宿舍后连敏云慢慢冷静下来，坐在桌前，提笔给身在异地的女友江桐写信，把这个消息告诉她，也谈担心离她会更远、见面机会更少、更怕研究生考试受影响的忧虑。敏云和江桐大学毕业后劳燕分飞，命运与共的感觉却更强了，此时他们刚刚走上社会，共处职业生涯起步阶段，大千世界刚刚展现在他们面前。

这个时候参加讲师团到基层教学一线，提高教学水平、表达能力和管理能力，未尝不是一件好事情，这样一想，敏云的心情好了许多。江桐在回信中也说，人生一世的经历不会总是直线的，与许多知识分子的遭遇相比，下去这一年又算得了什么呢。她的善解人意增添了他面对困难的信心。

在周三的例行政治学习之后，系主任程亦朋把连敏云叫到自己办公室谈了一次话。程先生曾经是敏云的外国文学老师，讲授俄苏文学，他为人谦逊，说话不紧不慢，反复叮嘱敏云，既然代表学校和中文系参加讲师团，就要以努力的工作给校系争光，在讲师团期间按敏云在当地的实际学时计算工作量，发放奖金，程先生得知敏云与女友分居两地，建议敏云给学校写个解决两地分居的报告，先排上队再说，这让敏云很是感动。

一周之后，讲师团每个成员的派往地点确定，敏云参加了自治区教育厅举办的短训班，见到很多行迹神色不同的人。讲师团共二百多人，将分赴六个地区十四个县，国家给每个人发一百块钱的"置装费"，支教期间每天补助一元二角。短训班第三天是结业式，合影，学员发言，领导讲话。讲话的自治区领导姓田，高个子、短发，西部口音很重，上来就说，研究室给他准备的稿子就不照念了，会散后发表用。他结合自己的工作经历和体会提要求，说基层条件差，不怕吃苦受累才能有所收获，希望大家带着使命感责任感去基层，虚心向老百姓学习，发挥好自己的作用。给敏云留下很深印象的是，领导左手边立着一个装雀巢咖啡的大号深褐色玻璃瓶，他边讲话边喝水，发出很大的声音，喝完停顿片刻，再把瓶盖认真拧紧，报告与喝水交替进行，讲话张弛有度，一点都不枯燥。会后照例是合影，只是合影后来没有人手一份。

学校为各系参加讲师团的教师开了欢送会，每人发了一个盖着学校大印的塑料皮笔记本，扉页用毛笔写着"参加讲师团留念，一九八六年十月"。教务长说："每到一地都应该成为一颗钉子，每一件事情都由衷地去做，全力把自己的事情做好。"校系两级给参加讲师团的教师一共发了八十多块钱补助，这在当时是一笔大款子。加上自治区发的一百元，可以添置些临行衣物用品。连敏云向来穿衣不讲究，挑选衣服的时候总是拿不定主意，希望让江桐当参谋、做决断。在江桐来信的撺掇之下，敏云花一百六十元为自己买了件呢子大衣，到校门口外的浙江裁缝铺做了一条冬天穿的厚裤子，过几天还收到了江桐为他买的灰色羊毛衫和卡其色风衣。兜里有了钱敏云就要逛书店，在柜台看书的时候过于投入，不料被扒手从口袋里偷走了三十多块钱。临行前两天敏云到图书馆还书，最后一次到港台和外文图书室浏览新书，与这里那几位熟悉而耐心的老师道了别。

二

连敏云从省会城市的火车站出发，坐了七个小时的夜车，清晨走出人头攒动的临城火车站，已经是10月25日了。自治区西部此时已进入冬季。敏云在人群中听着昔日颇为熟悉的口音，看着人们裹着厚厚衣服匆匆行走，感到一种投入沸腾现实的感觉。这里的土路、灰尘、杨树，这里人们的穿着、习惯、步态，一切都带有属于这块土地的鲜明特质，他从这里考到首府城市读大学时曾发誓再不回来工作，没想到五年后重返故土。他背着行李，走进车站附近一家早点铺，花六毛钱，就着一碗油很大的馄饨，吃下去两个焙子，一个鸡蛋，然后搭辆"小蹦蹦"到县教育局报到。"小蹦蹦"把敏云带到一个被红色砖墙围起来的院子，与热闹非凡的街市不同的是，这里安静得出奇，见不到人，街上的市声像是被屏蔽掉了，环顾着院子里破旧的砖瓦平房，连敏云很沮丧，他向传达室里大声咳嗽的看门老头说明来意时，才猛然意识到今天是星期天。老头连打三个电话终于找到管事的人，让他先安顿在院子里第二排平房的单身宿舍里。敏云放下行李，洗了把脸就急切地要上街看看。

出门不远就是喧闹的街道。今天的天气不错，没刮风，太阳露出个朦朦胧胧的脸，像是探望着重返故乡的敏云。敏云往南沿一条两边矗立着新建高大建筑的柏油路继续走，左手边就是南北走向的三层影剧院，五年前上大学离开的时候这里还是工地。影剧院前面的大广场上的人们熙熙攘攘，像是参加规模不小的集市。乡下人和城里人都带着各种物品在这里摆卖，小到针头线脑、鞋垫袜子、小食品、小孩玩具、小电器，大到服装、桌椅板凳、木雕、石雕、收藏品杂项，摆成一个个小摊。这里的摊主并不叫卖，而是沉默地守着自己的东西，打量着闲逛的人们。敏云兴致很高地浏览着一个个小摊，偶尔询一下价，并不想买什么，只是转转而已。转到广场西南角，敏云看到一辆大概一米见方的小货车，吸引他的不是货车上的烟酒、油盐、酱醋、白糖小食品，而是玻璃窗后摆的书——《新华字典》《中国地图》《世界地图》《革命烈士书信选》之外，还有《边城》《骆驼祥子》《高老头》《死魂灵》），以及琼瑶、三毛、梁凤仪、阿加莎·克里斯蒂的小说。小货车里坐着一个戴红色毛线帽的瘦弱女孩，敏云探头进去提出要书看的时候，才发现女孩膝盖上垫着一块木板，手拿一支缠着橡皮膏的油笔，在烟盒纸之类的废纸背面很投入地写着，直等到敏云第二次请求，她才抬起头，恍然大悟地应答。女孩双眼皮，鼻子很小巧，嘴唇薄薄的，说话露出两排小碎牙，从她机灵的目光，敏云看得出她是城里的孩子，说话口音还带着一些京津那一带的腔调。敏云问她几年级了，写的是什么。她说正上初二，星期天替大人看一会儿小货车，这里人不多，安静，就瞎写写。敏云此时发现女孩的两只手红红的，上面有几个冻疮。狭窄的小货车里还有一个五六岁的小男孩坐在姐姐脚边的板凳上看小人书。敏云花两块多钱买下《骆驼祥子》和《1980年短篇小说选》，离开广场继续往南走，去逛大十字路口西南角的新华书店。

敏云从小爱逛书店，他爱闻书页和各类本册纸张混杂在一起的气味。这个书店已经实现了开架售书，进门最显眼的地方陈列着马恩列斯毛等领袖著作。一般来说，东西两边应该分别是文学社科与自然科技。他先从右侧看起，结果在奥斯特洛夫斯基、李白、巴尔扎克旁边直接就是绿化工程、机械制造，而于光远、张志公、艾思奇又和医学书籍在一起，完全没有逻辑，不少名著显然尘封已久，无人问津。敏云虽觉得好书不多，却磨蹭了近一个小时，买了本高尔基的《在人间》才离开。

书店对面是邮局，连敏云出书店时大太阳已经照在了人们的头顶上，天开始暖和起来了。在这个宽敞的邮局里，连敏云给江桐寄了张明信片，告诉她已经在临城落了脚。返回路上敏云看到更多台球桌被摆上街头，不少年轻人叼着烟在玩耍，这个行列他从未加入过，很不理解。他的世界由书、知识和未来前往北京生活的梦想构成，阅报栏、报刊亭、书摊是他驻足最多的地方。逛了一上午的敏云感到肚子直叫唤，就在影剧院旁边的一个小馆里吃了碗面。下午躺在阴冷的宿舍里读《1980年短篇小说选》，第一篇是张洁的《爱，是不能忘记的》，六年前他上中学时就读过，再读感慨良多。女主人公"我"遇到一个别人看来完美无缺的恋爱对象，而她却感觉有哪儿不对劲儿，乃至"还是下不了决心"。敏云与江桐之间的理解与情分则使他们如胶似漆，双方的决心早已下定，所有的纠结均已过去。北方的天黑得格外早，吃过晚饭，敏云摊开信纸，黄昏时分最是难熬，黄昏属于花前月下、卿卿我我，心里有惦念的人会感到格外孤独，敏云打开江桐送的小收音机，边听边在信纸上倾诉心声，只有把这沉重的孤寂熬过去，才能静下心来读书。

次日早饭后连敏云走进教育局办公的那排房，听到右手第一间办公室传出《望星空》的嘹亮歌声，一个梳马尾辫的小姑娘手拿歌本很投入地唱着，一双大眼睛发现敏云之后投以热情的微笑，敏云快速回应一个笑容继续往前走。走廊两边政秘股、人事股、一个局长室、两个副局长室都锁着，会议室门开着缝儿，里面堆着面目难辨的沙发和茶几。只有打字室门开着，敏云走进去看到一位只有十七八岁的短发姑娘正在埋头打字，噼噼啪啪，噼噼啪啪，键盘砸得山响，根本没时间说话，且抬头脸就红。就在

墙上挂钟敲响的时候，一位头发"地方支援中央"的胖老头应声
而进，爱脸红的姑娘对敏云说这是冯副局长，敏云上前说明来
意，被冯副局长领到办公室坐下。冯副局长说宿舍就是他安排
的，局里得开个会研究一下，看看到哪个学校合适，又答应给他
借台电视机看。晚上这台"雪花纷飞"的黑白电视里重播美国庆
祝"自由女神"落成一百周年庆典，各类体育和演艺界明星表演
节目，场面气派而散漫随意，体操明星屡屡摔跤，冰上舞蹈明星
佩吉·佛莱明被身上披挂的长纱绊倒在地。

三

　　第三天教育局通知连敏云到县四中支教。没想到四中离教育
局不远，敏云搭着"小蹦蹦"三分钟没用就到了，正赶上课间操
刚结束，狭窄的校园里十分喧闹。女孩子叽叽喳喳，男孩们相互
追逐打闹，都好奇地打量着敏云。走进教务处，敏云看到屋中央
蹲着个火炉，大家围在火炉旁，边烤火边抽烟，烟气腾腾，三步
之外不辨人马。罗校长面色乌黑，活像烧锅炉的工人，正在烤
火，见了敏云就递烟，说刚接到教育局电话，怎么安排敏云心中
有数。敏云接过烟坐下点着，校长说先听听课，再接一两个初二
班语文课。这种安排与敏云估计的吻合。不少大学生已分配到了

县级中学，无须敏云这样毕业不久的人，初三、高三毕业班责任重，由有经验的老师担纲，不用他教。

敏云听课的初二语文女教师胖乎乎的，人很热情，课讲得很用力，就是压不住课堂上的喧闹。学生们交头接耳，做各种小动作，整堂课一会儿都没消停，恼怒的女教师还向班上黑压压一片的学生扔过两次粉笔头。

连敏云对备课很重视，他买来黄皮教辅书，对照教材反复领会，琢磨该怎么讲才能吸引学生，让学生爱听。热情与耐心固然重要，关键还是方法，他觉得，课堂上学生的拒斥、漠视，是当教师的最大不幸。

星期四上午9点，连敏云第一次走进四中初二69班课堂，这个班名和江桐初中所在班班名一模一样，让他产生好多联想。教室中间烧着一个很大的火炉，屋子里人满得不能再满了，气味复杂，热气腾腾。敏云本来穿着大衣还觉得冷，进教室一股热浪扑面而来，穿大衣显然多余，他迎着大家好奇的目光，一举一动都在学生们的热切观察中，刚脱掉大衣，第一排的几个同学争着腾开桌面，让他放大衣。花名册上有八十七人，台下一双双热情可爱的眼睛，使连敏云紧张而庄重。在讲台上背对着黑板站定，他脑海里浮现的是这些孩子们五年后走向高考考场，乃至进入大学校门的情景，不到十年，他们就会长大成人、走向社会，绝对不能被随意和肤浅地对待。

　　头一节课连敏云要教的是叶圣陶根据民间传说改编的《牛郎织女》。敏云正生活于准分居状态之中。翻开花名册，他随口点宋玉兰读课文，没人应答，站起一个头发很乱的高个子黑脸男孩。他说自己叫田海明，是班长，宋玉兰母亲生病，她在医院陪床。敏云干脆就让他先读。田海明费力地把当地口音改为磕磕绊绊的普通话，用力一字一句读，一直读到"老牛帮助牛郎找到了织女，他们相互喜欢，组成了美好的家庭，却又被王母娘娘发现"。接着被叫起来的是一个叫樊美花的女孩，她普通话很好，一问是家住军区大院，平时就说普通话，她一口气读到"王母娘娘派天兵天将到人间把织女抓到了天上"。最后读课文的是个叫蔡三花的女孩，人很端正，大大的眼睛，乌亮的头发，人很大方直爽，但口音重，读得满头冒汗，让人着急。

　　这篇和风细雨的课文讲述了一对男女相识、相恋、结婚、生儿育女、分离、相思的经历，遇到课文里讲恋爱、结婚、生孩子等，学生们就在下面偷笑，敏云随口说："同学们不要笑，等你们长大了不是也要结婚吗？"学生们哄堂大笑，敏云很不好意思。站在讲台上，教室里的学生一览无余，课堂上走神的真不少，后排几位女生像琼瑶小说里的主人公那样眼神迷离，时不时若有所思地凝望窗外，敏云知道，她们的心思早不知道飞到哪里去了。

头一节课很快结束，连敏云穿上大衣，与调皮喧闹的学生们一同走出教室，愉快地回到年级教研室，和教师们围在火炉旁抽烟、说笑。巴掌大的校园里有两排平房供学生和教工住，十几位学生、五位教师，一日三餐都吃在食堂，一对老夫妻给大家做饭，早饭没牛奶、鸡蛋，敏云很快就饿了，初三语文老师苏雪梅给敏云分了些葵花籽，缓解他的饥饿感，还顺便说班上的宋玉兰是她的外甥女，希望严格要求和培养，敏云点头答应。

次日《牛郎织女》讲完后余下些时间，连敏云给大家讲了李白的《将进酒》和陆游的《示儿》，学生们很感兴趣。接下来讲孟姜女，他在课堂上叫起了头一节课没有到的宋玉兰，发现她朗读很好，人很从容，没有什么扭捏之态，接着让她谈谈对孟姜女的看法，她说孟姜女用哭和死的方式表达爱恨，长城倒了八百米为她叫屈，故事让劳动妇女活在人们的记忆里。

星期五冷得像严冬，连敏云讲了两节《愚公移山》。星期六上午有一节作文课，要求学生记叙一个民间故事，敏云找了三篇故事念给大家，让他们加工成故事，大家来了兴趣，这让他心情大好，父亲是老师，母亲是老师，可能自己也适合当老师吧，是不是命中注定呢？他这样想。

上课、批改作业、看书、给江桐写信是他日常生活的主要内容，只要给江桐写信，敏云就精神亢奋、思维活跃、文笔流畅。

邮局太远，每天都给江桐写信，却不能什么时候想寄就寄，信变成了书信体的日记。如果单写日记，则远没有给江桐的信有光彩。上周他到邮局寄信，那时候报纸刊物都便宜，敏云顺便订了《参考消息》《青年参考》《文艺报》和《文摘报》，还有《中国青年》杂志，为的是让自己与外部世界保持尽可能密切的联系。

几天课教下来，连敏云越来越觉得班上的学生可爱，发现他们不好意思朗读，嫌字难写，作文没话说，成绩一直上不去。班上八十七人，期中语文考试居然五十四人不及格，最低的才二十八分。敏云性格天生一丝不苟，讲课的细节，学生情绪的掌握，往往反复琢磨。他每周都小测验，还讲评作文，见学生有进步就鼓励，决心期末考试让不及格的降到十五人以下。

敏云为学生布置的月度作文是围绕"我的一家"写篇记叙文。宋玉兰在作文里讲服装厂上班的母亲每天拿回好多需要加工的裤子、衬衫、鞋垫，父亲早出晚归在广场摆摊儿，全家人很融洽，大家晚饭后必找时间看书读报，从不出门游玩，她放学回家带弟弟，自己负责养小鸡、小鸭补贴家用，整篇作文写得平静沉着而流畅。显然，贫寒的家庭，繁重的家务让她早熟，淡淡的哀愁依然掩盖不了她内心的坚韧。她和班上那些脸洗不净，手指甲充满污垢的小男孩们一样，已经开始告别童年，经历与大人同样的烦恼。田海明的同桌常新刚在作文里讲自己家养的小狗跳跳丢了，爸爸又给他买了一只，取名叫乐乐，但他心里总是想着跳跳，每逢叫错名字，乐乐就用迷茫怨恨的眼神看自己，让他悔恨莫及。孩子们心里都有精彩的小世界，他们的难处和快乐，连接着校园外更大的空间，将他带向丰富的世界。

批改八十七本作文是个力气活，因为他不得不面对一个充斥着不知所云、错别字、标点不当和鬼画符般书写的汪洋大海。每次改作文，他都得下决心坐三四个小时，别的事情都别想干，不过，人非草木，孰能无情，改错、写评语、打分的过程让他更多地走近他们、了解他们的情感，喜欢上他们的性情，内心很享受很充实。

四

半个月很快过去了。连敏云晚上在宿舍批改完作业后复习一个小时的英语，再复习一个小时专业课，然后进入阅读。"我在人间，在城里大街上一家'时式鞋店'里当学徒。"刚打开高尔基的《在人间》，敏云就听到轻轻的敲门声。打开门看到班长田海明，他和常新刚、樊爱国站在门外，鼻子冻得通红。敏云赶忙把大家请进来，屋子一下子显得很小。敏云招呼他们坐在床上，围着炉子烤火。多余的杯子没有，敏云只得用大茶缸子沏了糖水，让大家轮流喝，问他们平时看什么书，在校外玩什么，孩子们你争我抢，叽叽喳喳，常新刚说主要是看武侠、小人书什么的，说有时候到录像馆看香港武打片，樊爱国说经常到兽医站看老杨钉马掌和骗马，要不就到煤球厂、车站胡玩一气，田海明说他们还结伴到林场偷过苹果、梨、杏和沙枣什么的。谈笑中敏云和学生的生疏感没有了。看这帮半大小子没有走的意思，敏云提议一起下军棋。他和田海明对常新刚、樊爱国，反正是明棋，完全靠运气。常新刚、樊爱国运气不佳，棋子一个一个被吃掉。棋正下着电停了，敏云很熟练地点上蜡烛，双方在昏暗的烛光下又杀了几盘才尽兴而散。

为复习考研，连敏云课后几乎完全生活在室内，出门的唯一机会就是星期天到邮局给江桐寄信，顺便去书店看看。11月最后那天，他买了本斯特雷奇的《维多利亚女王传》。从书店里出来，敏云发现外面大雪飘飘，这是他支教以来第一次踏雪，此时地上的雪已积下寸余，有微风拂面，却无刺骨之寒。雪给小城披上一层素装，天蓝蓝的，空气清新，景致动人。几家南方裁缝铺子都有人在门前扫雪，马路旁大树上的雪不时被风吹落，激起人行道上三三两两的行人大呼小叫。或许是路滑，或许是想让雪景的感动延续更久，敏云放慢脚步，悠然自得散着步，后悔以前对大自然漠不关心，留下诸多遗憾。影剧院广场显得空旷寂寥，他买过书的那个小货车在雪地里显得格外突出，敏云又发现宋玉兰坐在小货车里，埋头在三合板上奋力写着，就是上次见过的小男孩不在，敏云不忍心打搅，带着疑问默默离开广场。他想，在这个白雪覆盖的世界里，这个女孩安安静静地坐在一个角落里写作，世界肯定不会抛弃她。

晚饭后敏云开始读《维多利亚女王传》。书写得很有看头，作家笔下女性的勇气、见识让他惊叹，在给江桐的信里，敏云抄了书中这样一段："早期的不融洽已经完全消失，婚姻生活变得无比和谐。维多利亚被一种难以想象的新的生活魅力所征服，把自己的全部身心交给了她丈夫。她现在明白，当初使她很快就委身于他的美和魅力，实际上只不过是艾伯特的外部表征，他所具有的内在美和内在光芒，当时她视而不见，只不过隐约感知一些，但如今她的每一根神经都领略到了。"

敏云打算研究生考试结束后就到江桐所在的银川市领结婚证，一天都不想耽误。分离使他和江桐情感升温，他们现在的"每一根神经"都在领略对方的好，他们也都相信，只要两个人都拥有更多的内在美和人性光芒，美满婚姻必能达成。写完信已经10点多钟，敏云穿上大衣推开门走进纷纷扬扬的大雪之中，橘黄色路灯寂寞地亮着，加重着他的孤独感，他绕校外的马路盘桓数圈，心绪依然难以平静。

五

连敏云最忙的是1986年最后一个月。12月12日回原单位办理研究生考试报名，找领导汇报支教情况，开具结婚介绍信。与系里的老师小别重逢，大家的客气显得彼此有些陌生。敏云想起那所遥远的中学，初二69班的那八十七个学生，自己不在，一定又给苏雪梅老师添麻烦了，孩子们适应吗？他认为孩子们的成长需要他这个小老师。

三天之后连敏云回到四中，黑脸罗校长告诉他，初二英语吴老师生孩子，有一个班学生的英语课没人接。敏云本来已有八十七个学生的语文课，但不想让校长为难，答应接下来。小城里的学生英语底子薄，发音不准，朗读困难。敏云每次上课都带着自己的小收录机，反复给学生们放录音，鼓励他们模仿、朗读、背诵，给学生找各种练习资料，学生们慢慢把嘴张开了，肯花更多时间阅读英语，进步很快。他还动手刻蜡版印考试题，头一次自制试卷没经验，刻得太浅，印出来不清晰，又返工重做，干得满头大汗。学生不甘落后，期末不及格的比期中少了二十一人。

为让学生们学好古文，敏云决定多讲唐宋名诗词，两个月下来，李白、杜甫、王维、白居易、李煜、李清照、辛弃疾等耳熟能详诗人的诗词，他都讲解过了，还要求背诵，下节课检查，学生们学习得多就感兴趣，古汉语和写作能力都有提高。努力都没白费，原定期末不及格人数降到十五人以下，结果八十七人全部及格，成绩最低的也达到了六十七分，这个班语文从没这么好过。

寒假很快到了，为集中精力复习，连敏云每天"早上从中午开始"，像个隐居的修行者。他把几门必考课知识点列成大纲，逐个拆解再重新组装，几个来回下来，主要内容都装进了脑子，说起报考的19世纪欧美文学作家作品、思潮、特色，脑子里马上就会出现清晰的云图。春节期间敏云、江桐到双方老人家都"走了一圈"，为领结婚证做好了铺垫。

复习期间只有宋玉兰找过他一次，她把自己写的东西订成厚厚一本交给敏云。她父亲平时坐在小货车里，边卖货边写作，影响她也爱上了写作。一家人生活清寒，命运屡次打击的轨迹在她作文里清晰可见。她跟着母亲早年由天津来到后套，干过多种苦活，父亲是个老实的包头知青，下乡时受过伤，从玉兰小时候起他就不能干体力活。玉兰的作文还写到可怜的小弟弟。去年11月19日，她家领养的小弟弟刚过六岁生日，午饭后在阳光明媚的广场上与几个小孩玩滚铁环游戏，没想到被一辆疾驰的"小四轮"迎面撞在头上。在小货车里卖货的父亲听到刹车声和孩子的惨叫声跑出来，看到小四轮旁躺着的血肉模糊的儿子，立马昏过去，住院二十多天才出院。看着她这本厚厚的习作，敏云不再抱怨生活曾经对自己的任何所谓不公。与世间发生的奇异事情相比，自己遇到的又算什么呢。敏云告诉她，清寒不是耻辱，也不是消沉的依据，努力保持正直快乐，才能把握住自己的命运。写作能记录世间的所有伤痛是希望和真实的悲喜。他鼓励宋玉兰继续写下去，不为别人，只为不辜负时光和自己。

从进入复习状态后，敏云戒掉抽了五年的烟，把每天时间做了最苛刻的划分，对自己复习外的活动做了最严苛吝啬的要求，恨不得连上厕所也掌握时间。他坚持每晚7点看《新闻联播》，除了看电视上11月7日的苏联电影，电视剧只看过《四世同堂》二十八集中的两三集。外语和专业课他都能对付得了，春节后把政治课考题仔细复习了一遍，尤其是认真学习了《中共中央关于社会主义精神文明建设指导方针的决议》，对文件勾勾画画，要点烂熟于心。1986年是孙中山诞辰一百二十周年，长征胜利五十周年，敏云对相关知识点做了仔细准备。考研全国统一在2月8日和9日这两天举行，考场离水利厅不远，敏云路很熟，他在考场上见到了不少自己的熟人，敏云怕视力下滑影响考试，进考场后带了近视眼镜也没用上。考完当天晚上，敏云乘上京兰线列车，与江桐度过一段难忘的时光。

1987年3月开始的新学年新学期让敏云兴奋，他盼着早日见到自己已经熟悉的学生和老师，在三尺讲台上完成支教最后阶段的任务，教书早已不再是挑战，初登讲台时的紧张窘迫、结结巴巴，现在已被游刃有余的讲述取代了，由发怵到期待，完全是实践锻炼的结果，敏云像个有经验的教师那样，课讲得有条有理，作文辅导得学生心服口服，大家成绩越来越好。新学年他改教初二77班，已升为初三的69班学生仍然与他有联系。宋玉兰成了班上作文最突出的学生，有时她还偷偷让敏云帮着点评修改，敏云鼓励她向报刊投了稿。新学期一开学他终于见到了那位生孩子的女老师，婀娜多姿，快人快语，和敏云见面就说"敏云就是命运"，她最相信命运，感谢命运给她安排了一个替她讲课的好老师。

　　春天来了，小县城里柳树、杨树偷偷冒出嫩绿色的枝丫，地上的小草伸展着腰身，杨柳发出嫩芽，春风拂动着人们的头发，小孩子们在外边玩耍，再来一场春雨，大地就会奉献出更多的妩媚。敏云用个周末时间迫不及待来到银川，与江桐一起到医院体检，带着各自照片领结婚证，登记处要双人合影，这才匆忙到马路对面的西门照相馆拍照合影。摄影师是个跛足的矮个子，人很热情，感觉手、脚、嘴和眼睛不停地在动，为这张二寸黑白照片，敏云又在银川与江桐多待了难舍难分的两天。

　　劳动节前敏云接到了复试通知，节后到天津复试，很快就收

162

到了梦寐以求的录取通知书。江桐考研失利，打算来年考更好的学校，两人相互鼓励，憧憬着未来的共同生活。一个学期像是过得格外快，春天过了，夏天到了，暑假也就来了。连敏云教的新班级语文成绩照样很突出，慢慢地，他有些舍不得这些学生了，离开的时候，69班、77班都有学生来找他，可惜他没有赶上与班上同学合影。

　　离开临城县四中八年之后，已经在北京工作的连敏云收到邮局寄来的一本书，书名是《孰能无情》，作者名字叫宋玉兰。

　　　　　　　　　　　　　　2020年6月18日改定

从A到G

我一直认为，对一个故事来说，后一版总是比前一版更好。

　　　　　　　　　　　　——［哥伦比亚］加西亚·马尔克斯

　　文学来源于生活，自己的生活是生活，别人的生活同样是生活，过去我总把自己的生活视为生活，化为素材，许多时候忽略了别人有意思的生活。现在就让我讲一个别人生活中的故事吧。

A

　　这个故事发生在季节变换之时。

　　季节换人的心情，换人的胃口、感觉乃至想法。时间不老，会变换吗？会有味道吗？如果有，大概也会出现在季节变化之时。节庆的大迁移之后，人们恢复了日复一日的寻常。寻常，是生活之诗、废墟与果实，诱使人们再度循规蹈矩，滑入如同人行道般平板冗长的日常。节后天气显出凌厉的面目。早有预报说，首场大风将导致大面积降温，或许会成为历年秋季之最冷，低至四摄氏度。

就在前一天下午，他的手机里浮现出一条信息。信息，如同这世上的盐与沙、蜜与黄连、布匹与钢铁、液体与晶体、空气与土壤，吵闹，拥挤，或平铺直叙，或曲尽其妙，占有人的感官、精力与时间。信息来自她，一位远方熟人。在南京的一次同乡聚会上，他与一位白衣女郎邂逅，但到底是什么引起了他的注意？高挑的身材？披肩的长发？还是"V"形脸下巴上的美人痣？都是，又都不是。他只记得，聚会结束时大雨如注，在通往车场的狭窄通道里，他为她撑伞，她眸子里流转着的波光，唇边的几许羞涩，酷似他早年的一个情人，只不过她身段稍高一些，牙齿没有虎牙带来的那种野性，两者之间气质上的接近使他一惊，如闪电雷声，轰击他胸口，照亮一切、印刻一切。就在他愣怔中，她已上车，发动、挥别。

再次遇到她也在南京，一场学友女儿的婚宴把他喝得酩酊大醉，呕吐至出血。经朋友联系到在医院值班的她。来到医院时她

168

已等在大堂，仍一袭白大衣，长发盘起，漂亮的眼睛，双眼皮，长长的睫毛并未经过修饰，像是在诉说着什么，印堂饱满，口罩下想必神情自若，雪白的脖颈，锁骨区域的玲珑一眼被他捕捉到。她是内科副主任医师，消化系统疾病专家，身上满满的自信和利落。医生指示他躺在诊室冰冷的人造革床上，让他掀起上衣，边询问边手触他的腹部，有力的手，刚开始温热的手指，熟练而不那么公事公办的手掌，在他皮肤和肌肉上行走，她的询问，声音语调适度，交谈，知性而温和，触诊完毕后，她洗手，坐到白色的木桌前，安静利索地开药，他坐到她身边，听她提供治疗方案，以及最简单易懂的科普与忠告。他管不住自己的眼睛，直接对准对方美好的眼睛，窥入那两扇窗口，顺便将她口罩与白大衣遮盖之外的些许其他部分尽收眼底，肌肤的白皙如薄暮清晖，令他失神眩晕，导致短暂的微微慌乱。次日，他约饭，女医生迟疑了一下，答应再过一天见面。黄昏时分他俩来到一座植物茂密的酒店，在临江的餐桌前，朦胧的灯光，一钩弯月之下，借着双方商定的饭菜，两人彼此开始熟悉。各自的心曲，被折叠后，再打开，直截了当。他得知，她生完女儿后，同为医生的丈夫到南美洲医疗援助，一别数年，目前她与女儿和父母住在一起。夜色的掩护，令双方交谈自然，他们东一句西一句地聊着，他感到，女医生是个有志向的人，原本专业为营养学，为尽快走向医疗一线，攻读内科消化疾病方向研究生，毕业后从社区医院干起，一步一个脚印，作为优秀人才被引进到三甲医院，晋升为副主任医师。他发现，她走的足迹与自己走过的路何其相似——不负年华，不甘人后，怀有梦想并努力实现，柔弱的外表之下，一种坚持的倔强与倨傲很明显。从陌生，到相识，到轻松漫谈，吸引他的，除了她的美貌，当然还有她的志气志向所成就的一切。分别后，他经常翻看她的微信，看到她对桑塔格、波伏娃的激赏，看到她喜欢摄影、写作甚至服装设计，她在报刊发表文章，热情参与公共活动，让他的好感又加深不少。是友谊，是爱情，他一时说不太清楚，但离别后形成了问候与牵挂的习惯。

昨天她在微信里说，明天到这里参加一个医学会议。他问，什么会议？她说，跨省医疗+互联网平台+机器人诊断。他问，怎么来？她答，高铁，从南京出发，"复兴号"只需三小时二十三分。他设想，在一个足够大的宾馆里，她面对一众白衣精英，无论宣读论文，还是参与讨论，不会不受到关注。她绝非等闲之辈，作为业界出色的医者，患者心目中的好大夫，在通往正高职称的路途上有看得见的光明。她在微信里说，既然你生物专业毕业，现在又教授生物，或许可以听听会。是啊，没错，亚里士多德说过，自然的发展由无生命界进达于有生命的动物界是积微而渐进的，在这级进的过程中，事物各级间的界限既难划定，每一间体动物于相邻的两级动物也不知所属。他想，人不就是生物中的动物吗？动物从来就不会停止积微而渐进，凡积微而渐进难免会失误、失序、失守，需要就医，医生如生命的矫正者、警察与守门员，在生命与赛跑的竞技中不可或缺。可是，他并未回答她是否去听会，而是莫名其妙地岔开她的话，反复叮嘱她多穿衣服。

B

　　女医生出发的这天早上，他特别拖拉。衣着的困局。选择的难题。他向来牵挂与自己有关或无关的事情，关心风，关心雨，关心别人，从未像今天这样关心自己穿什么，他颇费踌躇的，不是缺选择，而是缺选择的方向。天有自己的脾气，他知寒知冷，对气温有打出提前量的习惯，最后决定上身不妨厚，下身更要保暖。穿呢子外套，黑色毛衣，黛黑如夜，黑色可以掩盖一切，是半月前钱货两清的匆忙之选。脖子是薄弱环节，为防止受寒，他在毛衣里叠床架屋，添一件鱼肚白衬衫，衣料轻薄，挺括易干，不难清洗。腿上是呢子质地的灰色西裤。呢子上档次，显重视。脚上的高帮皮鞋，灰色，九成新，无鞋带儿易于穿脱。

　　早饭。牛奶、鸡蛋、面包。把鸡蛋放在水里煮，或把鸡蛋打到牛奶里翻腾，他讨厌重复，又难以摆脱重复。牛奶是牛的累赘。牛奶是牛的果实。鸡蛋是鸡蛋的未来，鸡蛋是一切之源。妻收拾利索与他相对而坐，每天不换位置和角度，俩人水波不兴，可亲和蔼。你吃一口，她吃一口，他不聊天，她也无话，日复一日的早餐，只为对得起早晨免胆结石和饥饿感而如约履行。他告诉妻，晚上不回来吃饭，有个应酬，她像往常一成不变地回答，好吧。告辞上班，在妻的例行叮嘱中，他关门下车库、开车门启动车，车被驶离，行走在不停变化的车流间，穿行在喧闹中。

任何寂静都是相对的，学校没有一点声响不可能，高校总是充满声响，走廊没有一块地方未被师生的声音掠过、号令过、踏过，任何一个角落都没有任何肉眼关注不到的，每个生命都生活在自己的呼吸渠道里。窗外车水马龙，屋里寂静无声。好在他没课。批改完作业，打开随身携带的笔记本。他是印刷品爱好者，有各色各样的笔记本。私人的。工作的。这里写两笔，那里写两笔，剪报、抄书、记事。此时，他知道她要从南京上车了，再度提醒她，大风降温，要多穿衣服。女医生回答，我明白，我有把握，我一件大衣应该足够了。

担心，不知担心的是什么。无声而逝的，不是时间，是心情，平静的还平静，不平静的，让你远离平静。一个半小时过去，一上午快过去了。忐忑中，午餐时间到了。换衣服，装钥匙，到学校餐厅吃饭。就餐不只为吃，亦为信息交换、情感交流。静静地观察人，获得别样感悟。吃得好不好，取决于是否聊得好。索然无味的午餐是相似的，趣味盎然的午餐则各有各的趣味。颜值高不一定谈话有趣。一起吃饭，是双方收获，不是单独享受。席间听说，现在的两口子，"白天是夫妻，晚上像兄弟"让人喷饭的好句子。好句子不管折叠不折叠都是好句子。好句子由好思维而来。

饭后回教研室换衣服，路上有路上的衣服，学校有学校的衣服，换来换去，穿了脱，脱了穿，全然未顾及兜里物品的顺序，一来二去，物品颠倒了位置，该带走的遗留了，反之亦然，他浑然未觉。

午睡他躺在搭起来的椅子上听喜马拉雅。喜马拉雅，耳朵的密友，没有一天无喜马拉雅的陪伴。他喜欢夏加尔《我的生活》那些有关景物动物的描写——"灿烂耀眼的光，仿佛就在你们周围闪耀。一群雪白的海鸥，仿佛就在那里飞翔，一朵朵洁白的雪花，仿佛正扶摇直上，向着天空飞腾"。他向往毛姆《月亮和六便士》里那个动植物繁盛的小岛——"只要吻过你的花香，无论你走多远，最终还是要回到塔希提来"。塔希提，遥远而诱惑人的塔希提，永远无法接近，无法真正抵达。高更。裸女。斑驳的画稿，杂色的主人公，像画布上蓝色的椰子树令人难以理解一样高不可攀。进入梦里的是生活中不算数的东西。生活的碎屑，负载着头脑里的过去与现在。他时而睡，时而醒。脑袋里翻腾着各种声响与烟尘。下午没课，但两点钟到了，不用手机提醒，他睁开眼睛，从容起身。

C

大概下午一点半不到。女医生踏上旅途。彼地的站台，与此地的站台一致吧，一旦踏上，难免会让人心生异样感觉，延伸出莫名的想象，在这个空间里与远方相联结……他知道她已上车。等待。心静，未必风平浪静之时的波澜不惊。测算着彼此的距离。脑海中翻腾着相见的画卷。几个小时的车程，几个小时的延宕。一切为了到达，而不是为达到。市中心是个巨大的迷宫，密布医院、宾馆、饭庄、商场，大大小小杂乱的牌匾与幌子。医院，充斥着患者的急切，医者的局促，各自的诉求，被一次次治疗所定义。会场，医学会场，网上网下。辩解和论证所拥有的力量，很少能够四两拨千斤。他测算、计划、估摸，问自己，提前一个小时到达市中心够不够？必须提前。现在出发，不开自己的车，打车方便。由边缘到市中心，导航一直呈红色，由淡粉到深红，像一天当中不同的时段与杂事导致的心情。

车行正常，担心被证明多余。到市中心，接近于她预订的酒店时间尚早。按原计划行事，朝着大书法家题写店名的书店进发。尴尬的面积，尴尬的品种与销量。他每年往返于不同的书店，一次次花时力购书，不合时宜地违反时尚。沿途满目廉价的合成珠宝、包装俗艳的食品，辅以刺耳的叫卖。强撑的店面，衰老的售卖者。四周都在产出冷气，每件物品都透出无人问津的凄凉。书籍货品琳琅满目，画册沉重精美昂贵，音像品暗淡无光。昔日人头攒动，如今门可罗雀。名著的平装本价格一降再降，仍无人问津。返回一层，在中文区购亚里士多德的《动物志》《动物四篇》，就在收款台服务员按照要求在书上盖章的时候，女医生来微信：住下了，在密尔汀长岛，刚刚。接着发来位置。他说：你先休息一下吧。她答：好的。

他并未马上动身，想她会洗个澡。或者躺下来休息一会儿吧，就又无聊地延宕了一会儿才离开书店。高德导航，终点密尔汀长岛，明明没有岛没有水，为什么叫"长岛"？出书店右转，向前行走三百米，左拐，不对，走过头了。"您已偏离了为您规划的路线，路线重新规划中。"行走一百米掉头，继续向前行走三百米，这时手机里的林志玲圆润的台湾腔响起："您的目的地在您的右侧。"走弯路，是因急切、不安，还是迷茫？耳机里仍是喜马拉雅里的夏加尔。夏加尔的语言有一种小心翼翼而又伟大的才气："我这人，总是被一点点小事折磨得提心吊胆、心绪不宁，而他，则是一个十分坚定沉稳的人，稍稍还有些好嘲弄人。不过，最基本的一点是：他不是夏加尔。"

宾馆楼下，他打电话问：哪个房间？她说1562，问现在上来还是饭后。他说就现在吧。

大堂抄袭着所有酒店的冷淡画风，很暗，难以很快适应。暗总比亮难对付。一个年龄模糊的男人坐在靠墙的地方，似乎专职盘问来客意图。对付了对方的啰唆。他朝电梯方向走，上电梯，与一对年轻男女同搭一梯。小伙子分头，着风衣，女孩长发束起，宽松上衣外套——满大街的女孩都这个样子，难有辨识度。但眼睛好看。她的鞋，颜色时兴，不是黑色，也不是褐色，很打眼，现在已忘记到底什么颜色了。女孩说，公司最近像是要派我去上海哎。小伙子边听她说下去，边刷一下卡。他这才意识到自己是"蹭"电梯，不刷卡即来到去往的楼层。出电梯，与年轻男女背向而行。看墙上所标数字，找要去的房间，右拐，距电梯只有三个房间。楼道无人，灯光不明不暗，地毯松软度恰好。

门铃摁过，门未开，所需时间超过心理期待。响声。门开了。毫无悬念，是她，面带微笑，镇定坦荡。和他一样，衣着朴实低调，没有香水、香皂或洗发水所附加的味道。她的大方让他心安。她抬起眼睛，他也抬起眼睛，相视不自然的笑，在一瞬间完成，各自即刻收回，他沿着她挺拔的后背，坚定迈脚进入房间。

房间光线明亮，看到她的箱子打开，亮在浴室地上，卫生间和浴室向卧室透明开放，由卧室可直接看到卫生间。此前他曾想在这里洗个澡。但卫生间这个样子，消灭了他的奇怪念头。不隐蔽，不含蓄，不可能，别妄想。

走入狭小的房间，桌上摊开一本书——《时间的秩序》。红色封皮。精装。打开的一页，多处画线。她未休息，更未洗澡。

她说，坐吧，想喝什么？他答，不知道，什么都行。

陌生感来袭，像是头次见面的生意对手，只在纸面上知道对方一二，未曾熟悉对方的底细和就里。别扭，似乎需要彼此确认般的互认。

她泡了一包袋茶，端在他坐的短沙发旁边的小桌上。短沙发，被暗灰色织物包裹着，徒有美人靠样子，傻得莫名其妙，不软不硬不高不低，完全不具备美人靠的气质，坐上去引不起对美好事物的任何联想。他从包里拿出给医生带的两件印刷品：藕荷色布面手帐，精装本《别样的植物世界》，塑封还没有拆掉，她先把书的塑封拆掉，手帐和书只被泛泛翻看，她没有假装喜欢，没有直接地感谢及奉承、赞扬、夸奖。

不知怎么说起照片，他说历来喜欢黑白照片，随即翻手机里的老照片给她浏览，然后坐进房间里唯一的转椅，头上是一幅不太难看的抽象水墨风格丙烯画。很不自在的姿势，一会儿跷腿，一会儿伸腿，一会儿微笑，一会儿严肃，双手大多别扭地绞在一起或一只压另外一只。为缓解与女医生之间的不自然，他抱怨眼睛不舒服，说近日断断续续在Pad上看一部电影，右眼干涩发胀，视力模糊。女医生马上说有眼药水，并以最快速度从包里拿出来。眼药水灌在长形透明塑料小管里，两管连在一起，可连接处剪断一分为二，上面的标示，无论外文还是中文，根本不打算让人看。他接眼药水时触到了女医生的手指，感觉比那天手压诊断时更加温热。在他快步走入卫生间，打算对镜滴灌的时候，她跟上来，在镜前问，要不要我为你滴？目光坚定，坦荡大方，不带羞涩。他默许，稍矮下一点，头往后仰，让她够得着。一滴，两滴，三滴，都滴到了右眼里。她问，要不要左眼也滴？他含糊其词，她未下手，眼药进入眼睛，眼仁、眼皮、眼袋均发生反应，一路游走丹田，狂奔下沉，一种久违的感觉直率通达两腿间。反应轻微但无可置疑。她没穿宾馆里的拖鞋。幸好没穿，让他看到她的皮肤细腻的娇小脚背，白皙微亮，藏在高跟鞋里。与职业相称的白，是她最明显的特质，两个月前，在南京那座乳白色植物繁茂的宾馆的面河餐桌前，夜色中他与她成四十五度角而坐，她"V"形衣领里的春光若隐若现，暗淡光线中的一切，细腻、起伏、白嫩、温柔。

白大衣向来掩盖着医生所有的秘密，只拥有患者的秘密。患者挂号、缴费、就诊、化验、开药，再就诊，在各种反复中，秘密被袒露曝光，成为判决依据。不穿白大衣的女医生同样是神秘的，百度未提供关于她的任何有用信息，此时他不能发明，好使话题延伸。东一句西一句地聊着，茶味在嘴里渐渐淡下去。宾馆显得有些热。她说，其实这个会完全可来可不来，医学是经验之学，不是会议能够探讨的，我本不需要这个时候来参会。

聊天快要陷入僵局，生物学在医学面前显出自身的苍白，他没有找到真刀真枪的话语与医生平等交流，既摸不透对方的心思，更拿不准自己的内心。内心是世上的深渊，难以探底，没有边界、果实、刻度。此时内心的焦急思虑转折沉沦，无法拯救，只能依赖自身。现实需要的是脱离。一次脱离胜过一万次僵持。

走吧，该吃饭了。他先发出这个指令。

临走时他看到，桌子上放着装帧俗艳的点菜单，两排菜品图片并列：宫保鸡丁，鱼香肉丝，荷塘月色，酸辣汤，醋熘白菜，地三鲜，不像涉外饭店画风与品质。主打实惠。绝对不能在这里吃。档次不够。不是他所设想的。

D

天暗下来，倒没有想象的冷。一出宾馆，肚子开始主宰他们。他俩无意识中脚步加快。右拐，灯火通明的超大商场，如城市的骄傲般屹立。进入只为穿过。左拐，步行街。人来人往。人与人目光不交集，各怀心事，都穿戴着差不多款式质地长短的衣服。她问，幸亏有夜色，你不担心被认出来吗？他说，我不担心。

一直向南，一直向南。绕开乔丹在人头顶上叉着大长腿的W1门，从W2门进入步行街上另一个宏伟巨大的迷宫式购物中心，下沉到地下一层，才找到就餐之地丽江南。MENU四个字母烫金的菜单花纹古雅，纸张考究，印制清晰。标致的姑娘及时为他们下单：银耳梨水汤，烤羊排，烤鸡肉，西芹百合，醪糟汤圆。在堂食不完美的灯光照射之下，他终于可以轻松欣赏素面朝天的她，娇小稳重，端庄而不刻意，北方的干燥，旅途的辛劳，导致她一口接一口地喝饮料。在宾馆里，喝茶像是履行客套的程序，泡完茶，她往自己水杯里倒的是白开水。羊排，烤鸡，素菜，汤圆，菜品如序上桌。席间服务员赠送一只包着彩纸的苹果，不记得是否给别的食客也送了。时间在交谈、说笑中不停地流淌。他在观察与交谈中任由时间流淌，对交谈内容的记忆几乎阙如。

她去洗手间，他结账。照看她的包，一只网罗万象的包，色彩普通，造型不起眼，可拎可挎，承受而不诉说内里的秘密，只负责收纳。等她回来，他去了趟穿越迷宫般才能寻找到入口出口的卫生间，与服务员告别，离开餐厅，一同返回宾馆。穿过那个曾经作为城市骄傲的巨大商店，她在一个珠宝柜台前未经多少思虑，就入手了一只价值数千元的手镯，并即刻戴到左腕上。商店离宾馆不过几步之遥。此时，他仍未想过别的，任由双腿将自己带向女医生要去的地方，同样不想，回家后会在日记本上记下什么。车辆稀少，往来的人，神情漠然，没谁关心这两个人将到哪里。

E

进入已不再陌生的房间，他仍不知道自己的心思，就像下棋，走一步棋，先不管对方会怎样。再次路过只被玻璃隔开的通透卫生间。玻璃，人类的伟大发明，沾不住些许灰尘，让任何痕迹被晾晒，即使经年累月地贡献，也难留下斑点与沧桑。上苍，说吧，任何词语他都乐意倾听，时间还没有开始，更不会停止，室温只适合酝酿、迟滞或提前。气氛凝重，温度攀升。她依然坐进窗前那个假冒的灰色美人靠上，样态平静慵懒，他则把自己放置于抽象丙烯画下那张别扭的椅子里。俩人此时不管谈什么都有些风马牛不相及，像是即将山穷水尽，等待突变，又惧怕突变。英国作家威尔基·柯林斯说过，一个对自己机智有把握的女子，总能跟一个对自己脾气没有把握的男人打上一个平手。聪慧女人头脑中被注入的，是洁净、坚定、灵敏、善意，任何刻板的教条都无法扭转她们的天性、感觉、直觉所指引的一切。他无计可施，走神，思绪溜到遥远的大森林里、大草原上，野马奔腾，河流蜿蜒曲折通往他乡，羊群、鹰隼、牧马人、麋鹿与野鹿，在季节的变换中奔忙，或迁徙，或冬藏。再轻的一切业已凝重、沉重、超重，所有的运动即将静止、停止，只听从命运的拨弄。她似乎依然心静如水，在逆光中稳坐，将他的不安茫然、听命于牵引号令叮嘱暗示的样貌尽收眼底。此时，她从胸腔里掷出一枚直截了当的霰弹：难道你想就这么坐一个晚上吗？

他只说，我的心都快跳死了。无任何虚言，他心跳频率、振幅超越以往，声量激越，在密尔汀长岛1562房间里如负鼠般盘旋，再遁入陈年的地毯与衣柜。所有棱角，只在梦里变得乖巧，假夜色之笼罩，以收敛各种面目与本色。大脑空白，本无所酝酿的一切正在解散，溃如遇水逃逸的蚁群，向八方夺命而走。他宁愿设想着让夜笼罩一切，再释放一只猛虎般的无形之物，将思想念头梦想辩解——不管是诗意的还是乏味的——统统收入囊中，彻底吃掉。

不料他突然果敢起来，像要彻底承认自己那样，面对呼啸而来的列车不再犹豫，决定跳上去，听令于汽笛那一声无可置疑的坚定召唤，将超重的行李安放妥当，轻身迎接接下来的不可知。

既然终于可以对自己的内心供认不讳一次，那就不必再戴着面具。快接近她，走向她，拥抱她，让自己承认确认体认不可避免的一切。他从容脱离椅子走向她栖身的美人靠，试图触及她的脸庞、衣物、某个就近的器官，但即使有一万个设想、欲望、念头，也不会在几秒钟时间内实现，何况慌乱、惶恐、忧虑如万箭齐发。他鼓励自己，安抚自己，欣赏自己，多多往思想里注入提神醒脑只争朝夕的念头，此外的事情完全排除，因时间没有为他安排额外的程序，他必须主动行使一些权利，不辜负所承认确认的编码，激发多巴胺，与她共赴陌生的下一步，一意孤行，回头无岸。

　　一阵合谋的摸索之后，房间的光线顺从地变得若有似无。俩人移动着，不再竖立，各自把头颅安置在大床白璧无瑕的棉质织物上。她放平，伸展，他侧卧，朝向她，面具已然脱落，面色即使潮红也难以明辨，躯体依然被衣物武装，但衣物不再佑护躯体。昏暗中她双唇微红，双眼微闭，他感觉太阳亮在远处，曙色已在前面，预示着一个新的开始，冲撞脆弱易碎的胸口，翻卷出诸种杂陈之色味。她无意中说，自从几年前孩子爸去南美负责医疗援助后，一年回来一两次，她已经好久没有享受肉体之欢，和男人身体接触的记忆似乎也要消退。她漫不经心，语气平淡，甚或有些虚无，像是在叙说一件和她无关的事情。她终于明白爱情无法永恒，爱情最好、最终的归宿是亲情。亲情就是如手足如家人，它和多巴胺、激情是无关的。而年轻鲜活的身体需要激情和多巴胺的激赏才能诱发生命力的持续蓬勃。她不明白男人的爱，他们高调宣称为了家庭为了孩子去奋斗但又不惜遗弃家人就像遗弃一所空凉的房子。这些口号是一种表象的虚伪。男人隐瞒了他们真正的本质，那是他们无法抑制的要满足成功的欲望与野心，女人是他们不断追逐又不断放弃的精致的物件和摆设。这是男人的悲哀，她理解这一切，她不提出辩驳，她支持男人。可她无法面对自己的欲望，这或许就是我的悲哀。他听着这些话语，感受到她的凛然与决然，似乎来自内心坚定的呼唤。

仿佛一切终已注定，他的一只手刚刚触碰到她，进而得寸进尺地伸向她的背部，便见她朱唇微启，似有似无的微声不绝如缕。她双目微合，手置于两胁，在寂静中等待，左腕上的玉镯沉默蛰伏。他迅速解除自己的披挂。首先揭掉她那件熟悉的黑衬衣，接着探向如深夜般神秘无涯的文胸。黑色、镂空的蕾丝若隐若现，双杯早已被他搬离了位置，微光中，小鹿跳脱，肤白肌丰，如泣如诉，卫护已久的美好，如朝阳般冉冉升起，喷薄而出，丘陵，山岳，波涛，流奶滴蜜，如丝如缎。每一种情形都不仅仅是宣告自己的存在，它更宣告未来的从自己内部生长出来的东西，黑暗中的嘘声所宣告的也如其他的东西一样多。

在夜色的谋杀和掩盖中，身体本来的形状、气味、色泽本难免变形，此时却显出了格外的妖娆。他想调动化为自己血肉的生物学知识来形容这一切，却徒然感觉所积语汇思绪之贫乏。她全身柔若无骨，其妙难以曲尽，当他褪去她所有防线的时候，看到青草地的平坦与江河的幽深，露珠虽还没有到来，海水却在脑后激荡，通身都已在奋力呼喊，感官捍卫着变通，贿赂着对方和自己，为久已向往的一切让步，为通往微观和宏观的一切打通道路。耳边是高昂的鸥鸣，是退隐的虎啸。他吻她的唇、她的鼻翼、她的前额与耳垂。每个生命都不免为快乐所激荡的那些曲线沟壑色泽线条深浅高低，他都不肯放过。他忘我沉迷于她鼻子里呼出的味道，发誓愿用自己所有的得失，所有的名誉及财富，去换取她鼻子里哪怕一毫升的气息。他的手无师自通般蜿蜒曲折于她的每一寸肌肤，穷尽一切地要拼命唤醒她的蜿蜒、丰腴、柔美、温暖，他想象着，在那迷人的三角地上，正在发生的奇妙化合，无论沉降还是升起，隐藏还是张开，潮湿还是干涸，坚硬还是松软，他都不想错过些许，途经的一切，一意鼓荡着他每一处皮肤，每一滴血液，每一根神经，每一粒细胞。

F

对探求的先后短长，紧迫迟缓，他无法做出规划，只是想不

顾一切地奔赴她身体的每一处存在。与她肌肤的初遇，他却以为
这珍宝永远只为他一个人裸裎，像第一次涉入陌生水域，不知就
里，不明深浅。第一次裸裎相对，他只来得及捕捉对方离自己感
官最近的部分，前额、双眼、眉毛、双颊、脖、颈项、锁骨，女
医生的每一寸皮肤，每一处起伏，无不承接着上天的惠顾，充满
汁液、光彩和温度，无不见之忘俗。他分开她的双腋，将鼻翼一
遍遍凑近，呼，吸，呼，吸，其上的绒毛如婴儿初绒末端般若有
似无难以辨别，只葆有白嫩的皮肤与来路清晰的味道，任何掩饰
与修饰都会惭愧与多余。随后，他的目光过渡到似仙境般美不胜
收的女性巅峰——雪白，曲折，对称，松软，恬谧，一触即化，
两粒深色珍珠居于中心，如镶似嵌，光晕护卫，如影似画，烘托
着白中之白，细腻中之细腻，温软中之温软。目光下移，沿马甲
线中部，驻扎着一泓小穴，像是天意盘旋之后遗留的一个小小偶
然，再往下移不及三寸，便是世界的渊源，维纳斯丘，无花果，
那为浅色细绒护卫着的无花果。"世界是从无花果/诞生的，带着
树木，云彩，海洋/和人们一个一个地/和一切种族的/从无花果里
也诞生了无花果。/无花果万岁！"他的打开，好像只是为了吹
拂，抑或为架设起一座浮桥。服从感官，淹没于感官。他心猿意
马，设想明天造一座宫殿，盛放欧洲所有的珠宝，埋藏于基督山
脚下，或到地中海沿岸，开垦一片土地，翻耕灰壤土、多石灰的

沙漠性砂质土、潮湿的亚热带酸性红壤以及冲积性黏壤土，令土地洒满阳光，让土地终年丰饶，无花果四季繁茂。

作为医生，她不忌讳袒露自己的身体，袒露于他面前的时候，彼此似乎认识已经很长时间了，她像是理解他过去现在及未来的一切，她迷醉般地看到，对方抓紧每一分每一秒，用自己的鼻翼、双唇、舌尖，急切探访羞涩的青草地，在溪流经过的地方，在即将带来太阳的地方，贪婪地找寻坐标，不知疲倦，全心全意，流连忘返，一次次向着言之凿凿的宝地进发。珍珠，诗歌，婴儿，夜晚，光亮，凉风习习，星光点点，在秋意阑珊的季节里，一切感官的枝条都已披挂上阵，快乐，既出乎意料，又在计划之中，他们的沉默、欢乐、呼吸与运动，都是生命与直觉的必然结果。

在他最忘我的时候，忽然觉察出身下女医生的机警，她承认自己清醒，意志坚决，可以心如止水。在他近乎全盘缴械的时候，她突然问，你多长时间没做爱了？问话比结论更为刻薄，是比霰弹更有力的炮击，射向最敏感的区域、方向或范围，令他飞升起来的飘飘然差点儿失守，半融化的肉欲险些瘫痪在通往欢愉的海面上。她随后翻身坐起，裸着微光中熠熠生辉的身体，长发半掩着妖媚的双眼。她问，你快乐吗？你不该快乐大家的快乐吗？快乐别被遗失了，恰如赘肉，如不被剜掉，不觉得亏得慌吗？既然保持了紧致的皮肤，匀称身材，为什么不享受呢。咱们都属于医学上说的小骨架的，肌肉不薄不厚，肥瘦恰到好处。如果你在刀下，会是外科大夫最中意的对象。

但他恰恰认为，倒是女医生那凹凸有致的身材，挺拔蓬勃的热力，圆润起伏的身体，眼前一切的一切，直到地老天荒都不用重组，每个沟壑、起伏都温软无边，如完璧没有任何瑕疵，随时可以倾国倾城。他一心想有朝一日，详细罗列由他收入眼底的肉体上的一切，不按顺序，不按兴趣，不按逻辑，不分类，不臧否，不虚美，不隐恶。

手机响动，打破房间的寂静，与女医生所预想的一样，生活日复一日，自动重启着自身机制，顽固地执行既定命令，让生活轨道之外的迅速沦为镜花水月。他收拾衣装，像戴上面具般恢复正常，以一个介于完成与未完成之间的笑，向女医生道别。

G

花三十八分钟才约到车。六个多小时以来，他头一次感到气温降低不虚，秋天遁出了这座城市，冬天即将占据上风。年轻健谈的滴滴司机开着一辆别克商务，把他像两吨货物或七个人一样装载上车。

一路不安中的他被运到小区门口，当门卫向他投以熟悉的微笑时，宾至如归感才从心底油然而生。不顾催促，他坚持绕树木葱茏的大院子疾走了几圈，平息自己的呼吸，随后按响自家门铃。这天晚上，他睡得一夜无梦。

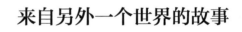

来自另外一个世界的故事

这是一个听来的，属于别人的故事，不是坐在电脑前、经由想象编造的。作者更不能冒剽窃的风险，将这个故事据为己有，他拥有的权利是将故事原原本本复述出来，仅此而已。

一

你准备好听故事了吧？我开始了。

我是一个逝者，一个被剥夺了现世所有权利的人，但我被赋予了在另外一个世界的权利，这令我的叙述有了特定的唯一性和权威性。我逝世二十年了，早已习惯在这里生活——没有他人监视，无须他人看护。最热的夏季，最冷的冬季，最狂的风雨雷电，都不会让我畏惧。我的意识变得空前活跃，能够视通万里，思接千载，既然名誉的损害和增益已完全无足轻重，我便可以放下身段讲述任何事情。

不管忏悔是不是人类独有的优势，我都要忏悔，我要将自己本应该做而没有做的、能做到而不愿做的，以及做不到非要做的，把自己孩子、家人和世人所不知道的，统统公之于世，在这个不完美的世界里，对自己的不完美进行直言不讳的宣告，现在已完全没有迟疑的必要。

我有愧于自己的妻子。当然，在20世纪那些普遍以工作为重，以事业为重的年代里，我可以找出很多堂而皇之的理由为自己开脱，但我的愧疚却永远无法获得被豁免的资格。作为小城一所中学最早的大学生，我1958年大学毕业参加工作之日起就被强大的荣誉感和事业心所主宰。我一直要求担任班主任，急于在自己的教学岗位上崭露头角，节衣缩食购买大量生物、化学、物理方面的图书，日夜不停地反复打磨自己的讲稿，我以教很多课、担负更多责任为荣，渴望以诚实劳作赢得同事们的好评，直到1974年离开这所中学，我始终热爱孩子们，热爱又教书又育人的事业，师范学院严格的训练导致我养成好为人师的习惯，我愿意热情主动地评判、矫正、引导自己的教学对象，我不知疲倦地向学生灌输自己所钟情的理念、为人处世方法甚至生活方式。虽然1966年后我也经历过师道尊严被推翻被毁坏，但足以让我自豪的是，我从来没有与自己的学生陷入对立或冷战，相反，我总是受到自己学生的喜爱，身边从来不缺活泼的学子们，我愿意同学生们在一起，胜于和自己的家人在一起。

回到家里，我面对的是生病的妻子与年幼的儿子女儿，而与学生们在一起，面前展现的则是广阔的、被打开的世界。有一段时间，我主动要求带学生去学工学农学军，曾经与十几个学生一道骑一两个小时的自行车，顶着当空烈日，一路兴致勃勃来到黄河边上的水利枢纽，看波涛汹涌的黄河不停流逝，帮助水利员工出黑板报，宣传毛主席"一定要把黄河的事情办好"的指示精神。我们有一次还来到驻扎在水利工程附近的营房里，看战士们列队、训练和打靶，听年轻的连长讲水利枢纽修建过程中战士们的奉献和牺牲，年轻的连长慷慨激昂地痛斥苏修美帝的狼子野心，讲述野外训练如何艰苦与枯燥。我还带学生们去搞勤工俭学，记得有个暑假的主要学工项目是给学校做钢筋板凳。我把学生带到定点铁匠铺，把钢筋烧红、截断、折弯，再安在加工好的木板上，涂上油漆，为此，有的学生虎口震裂，指甲砸掉，手脚烧伤，幸亏他们的家长是熟人，否则肯定饶不了我。1973年我带学生们挖水渠、脱土坯，接受贫下中农再教育，一铁锹一铁锹的土挖下去，一筐一筐的土被抬到另外一个地方，一天脱几百块土坯跟玩一样，这样的劳动日复一日，似乎其乐无穷。我在带领学生劳动的时候善于让他们展开竞赛，指挥他们边唱歌边劳动，边劳动边巩固课堂上学的一些知识。我曾经带学生冒着难耐的酷暑来到南粮台乡，访贫问苦，帮助弱劳动力收割，下到麦田里，一干就是一天，无边的麦子地，当空的烈日，一丝风都没有的闷热，曾令多位学生虚脱。高强度的劳动，迅速而有效地让我忘记妻子的病痛，也忘掉自己担负的家庭责任，晚上在老乡的炕头上睡得没有一点儿知觉。

可一旦回到家里，踏入个人的琐碎日常之中，我便像困兽一样易于动辄得咎。妻子的哀怨，岳母的唠叨，孩子的玩闹，让我烦闷、焦躁，我找不到、融不进自己的这个家，我像个暴躁的局外人，一个令瘦弱的儿女战战兢兢的暴君，妻子病痛的无力缓解，家庭用度的捉襟见肘，我除了大发脾气，拿不出任何办法。当然，最让我感到苦恼的还是妻子那难以接近的病痛，八型肺结核，多处空洞，高度的传染性，她只得被局限在三完小家属院一个只有里外间的小小空间里，吃一成不变的药，数一成不变的日子，度时如年，万般无奈。无法疏解各自的苦恼，是我们的共同难题，妻子的痛苦是她身体病痛的无药可医，我的烦恼则是我的肉体欲望无法得到满足。我不时被身体里的强烈欲望所支配。曾经与妻子声气相接、肌肤相亲的状态进入70年代的门槛即已彻底戒除，永远无法恢复。多年来，伴随着儿女的长大，我几乎忘记

196

掉了妻子身上固有的味道，我只能闻到药味、医院的来苏水味，以及重病痛者的冷漠寒凉气息，我们面对面时，心中也早已不再能够涌起解除对方衣物的愿望。我们之间的陌生是从对身体的疏远和陌生开始的，一旦身体陌生了，言语就会小心翼翼，不再会口无遮拦，说到哪儿算哪儿。相反，要么恶语相向，要么相当客气，冷静地不再指责对方的不是。反正，我在学校忙着，她看不到我，她在家里猫着，面对着老母和相差仅仅一岁的幼儿幼女。我自然无法真正领会她内心的所有苦闷，承认她是病弱之人，比我更不容易，被疾病所困是她倒霉，但，这种悲惨我难道不是正在现场的罪魁祸首吗？只是我很少站在她的立场上看问题，不知道哪天开始，我彻底失去了推人及己的同理心。

原因就在于，我是个完全被下半身支配的人，我与异性的来往几乎都有那么一个忽隐忽现，若隐若现的下半身需求作祟，我时时将那些成熟异性的身形与气息收纳于内心，我不时惦念那些姿容出众的女性，我像个刚脱离开母亲襁抱的婴儿，双眸清澈，目光如炬，时时敏锐捕捉着任何有欣赏价值的异性，她们身体上散发出来的光亮，她们的素颜笑颜中一丝一毫的可爱之处，她们的可爱，令她们身上的瑕疵、褶皱都会闪现光芒，被我视为优点反复欣赏。而那些粗大粗俗粗壮的女人则为我所不齿，不管她们的个别器官长得多么有特点。

上天原谅我，只要与长相出众的异性在一起，我的思维就异常活跃。请实实在在地原谅我吧，我像热爱生命一样热爱与美好女性相处的每一分钟，即使我与她们没有任何肌肤之亲的可能，我也想事后在想象中完整复活她们声容中可点评的点点滴滴。固然，我有时又是羞涩的、笨拙的，在不熟悉的漂亮异性面前往往会表现出异常羞涩、扭捏、退缩、紧张的样态，这恰恰反映了我对异性美的渴望是热切的、细致的，这一点出息根深蒂固。我的毛病还在于，始终想要与异性相处，始终想要抓住美好女性身形容貌散射光芒的吉光片羽，在想象中把她们设想为自己的玩伴、倾诉者和同路人。

即使自己妻子在世的时候，我脑海里也经常浮现出不少年轻异性的脸庞，有的是副食店店员，有的是小医生，有的在电影院检票卖票，有的甚至只是小吃店里的普通顾客，惊鸿一瞥之后依然回味不已，尽管有的还是我同事或熟人的妻子、女儿、侄女、外甥女，我大脑中珍藏的漂亮女性，身上多多少少能释放出一些美好的信息，哪怕只是清爽的气息，孤傲的气韵，婀娜的身形。我都难以忘怀。我一度对类似洗衣液、瓜果和雪花膏混合在一起的味道，特别敏感，我善于运动鼻翼捕捉美好异性发出的气味。

我更是个彻头彻尾的胆小鬼，不敢有任何乘人之危、越雷池一步的举动，面对那些对我怀有好感的女人，我也仅限于意淫，有时仅限于将目光投向她们的脸庞、胸部、腰、腿和手脚。我曾经无数次幻想美女衣装里圆润纤细的身形,想象她们被各种粗糙布料隐藏起来的白皙、明艳和妖娆,我期待将这些美好的躯体统统释放出来,公布在世人眼前的一天,而我这些卑琐下作的想法无法改变任何现状,我只能听命于这个世界的安排,任时光流逝,无可奈何。

二

70年代刚刚进入第四个年头,一个异常寒冷的清晨,年轻的妻子离开了这个无法治愈她病痛的冷漠世界。

丧事期间,我完全失去了对自己悲痛和泪水的控制能力,我随时随地都能声泪俱下,如此失态,如此自然而然、几近过火的表达,完全无补于我对妻子的无比愧疚。我不指望能够弥补,一切已无法挽回。

时光飞逝,5月已过,我仍不敢在房间里摆她的照片。我好害怕,我不敢直视她的眼睛,那熠熠生辉如冬日晨阳的目光,永远那么灿烂忧郁,如无边的洪水令我无处躲藏。我曾日日买醉,回到家里,先把十一二岁的女儿儿子拥到胸前,用粗硬的胡楂扎他们,用酒气熏天的大嘴巴亲他们。最初,儿子用惊奇、恐惧的目光接受我的拥抱，战栗着，使劲把脑袋别过去。女儿则仿佛很会享受这种过程，一个月之后，儿子才勉强享受这种拥抱。能够理解我的意图，慢慢张开柔软的双臂，费力形成一个紧紧的半圆，将已经不那么陌生的父亲抱牢。女儿向来并不特别在乎我的胡子，不在乎我的酒气。就是在这种形式大于内容的拥抱中，我躲避着亡妻对我的凝视、责备和质疑。我曾在深重的夜里，一次次失眠，为了她对我的怨恨、不满和失望。我愿意永远守在这无边的黑暗中摆脱掉她对我的责备，但这所谓的虔诚，换来的不是内心的平静，而是更多的不安、虚妄和沮丧。

如今，夜晚还有什么意义呢？我不想在梦里见到任何人，不想遇见任何一个白天和我说话的人，每个人都像是戴着朋友、亲人、同事的面具，不停地将毫无意义的字词和话语公布在我面前，我决意独自享用深远无望的孤独，独自反复咀嚼所有的悔恨和愧疚，把任何不名誉的黑衣都罩在身上，不去洗刷，不去狡辩。

妻子离去后最初的每个周末我都会六神无主，这个时候想起亡妻是自然的。我眼巴巴地看着学校里的教师们早早地下班，而我，像是在等一列永远等不来的火车——没有目的地，没有时刻表，没有出发，没有进站，甚至还没有装填燃料。这列车像是只有三节车厢，一节供吃饭，一节供睡眠，一节供思考、回忆、忏悔。我脑海里反复出现亡妻在相框里穿着方格上衣露齿而笑，想起她躺在临终的枕头上无助无望，眼中滴出最后的清泪。火车也是她的密友，是她向往外部世界的运载器，她靠着这架运载器，无数次前往红山口，回到平凡孤寂的医疗环境，再怀着绝望的心情，回到与我的共同生活中，等待可悲的分娩，随后，等待命运的最后判决。

列车能把妻子带到她想去的地方，带到她不想去的地方，她没坐过卧铺，没享受过多人接站的礼遇。她在站台上见到最多的是病人、小孩、老人，见到过流浪的狗，无家可归的猫，有一次她给我说，她曾在车站外边的沟壑里看到过身上什么覆盖物都没有的死婴，双手卷曲在胸前，小鸡鸡在两腿间像粒花生米一样晶莹而红肿。

天气转暖，但还没有热到可以换衬衫的地步，妻子来找我了——在梦里。她穿着自己最喜欢的那件方格上衣，她曾经嫉妒那些比自己年轻的女人，嫉妒她们拥有的健康，现在她还会嫉妒吗？她终于像被摧残的花朵一样，将自己的笑靥与情欲永远埋藏在泥淖里、尘土里、风雨里，不再拥有选择的权利。

三

我与她是在医院的走廊里邂逅的。儿子发烧，拍了X光片，化验了血，大夫们一致认定，十二岁的儿子传承了亡妻的病症，肺结核，多处钙化点。我陪他去打针，一个年轻而莽撞的护士粗手粗脚，动作麻利地褪掉儿子的裤子，幅度过大，居然让秋裤下面的两只瘦弱白皙的屁股蛋子同时脱颖而出，姑娘的脸掩藏在口罩后面，只感觉她眉头稍稍紧了一下，儿子没出息，打青霉素时放声大哭，惊动了隔壁屋子里的一位护士，她跑过来，像要安慰一个奔跑不止的小羊、小马、小猪，她来到我们跟前，从白上衣口袋里拿出一个色彩好看的小铃铛，摇了两下，声音清脆、悦耳，她把笑容隐在口罩后面，只留出两只好看的眼睛，外加弯弯的眉毛，孩子被她的眉毛迷住了，我则认出这是我的一个多年未见的学生。

见到我，她把口罩拿下来，跳入我眼睛的，是她脸上的那对酒窝——幽深，对称，夺人眼目。我大叫了一声"李米丽"，这曾经是我在高三化学课堂上经常叫到的名字，"李米丽，你把作业收上来"，"李米丽，你把烧杯拿过来"，李米丽曾经是我课堂上的明星，腿脚快，反应机敏，我教导她像教导每个学生那样，并不偏心。她有着别人所没有的红润，细皮嫩肉，胸部高耸，臀部圆润，双腿修长，是体育健将，是文艺舞台上的好苗子。

有三四年没有见到她了，高中之后她考进了卫校，分在这所县医院里当护士。除腿脚依然富于弹性，面部清纯依然，一切似乎都没变，一切似乎又变了不少。她的胸部在白大衣下面高高耸立，臀部更加浑圆，白大衣根本无法全然掩盖她的曲线，相反欲盖弥彰。她知道我刚刚丧妻，一双儿女像是小名人，早已成为人们饭桌上的普遍谈资。李米丽浑身上下白白的，已经成了一个成熟李米丽，她不再青涩，不再无端羞涩，她眼神中那种经过历练之后的成熟与沉稳的气息，一下子接通了自己与眼前我这位化学老师的联系。不知道什么缘故，这样一个场面迅速化合着我们之间的一切，她身体灵活，反应机敏，俯身注视儿子的眼睛，拿起孩子的一只手摩挲着，说着谁也会说，谁也记不住的那些哄孩子的话。我们这次见面为后来的一切铺下了一条道路，似乎也不用特别的约定，一切仿佛那么顺理成章与水到渠成。

后来事情是怎么发展的我记得，只是不愿说了，我不该说起那些部分，是因为我为此付出了一些努力，显现出了我不应该有的急切。与我们之间的肌肤之欢相比，过程性的细节有些微不足道，应该忽略不计。我至今记得与她在床单上坐定之后双手的灵活运动。我急于征服她衣服上的那些扣子、拉锁和钩襻，我的双手难免在情欲驱使之下笨拙了。但她的身体如此令人兴奋，让我完全忘记了周围的一切，忘记了另外一个房间里的孩子，忘记了结婚照上露齿而笑的妻子。与妻子诀别刚刚过了半年，就已经与另外一个女人声息相接，是一种纯粹的"欲"令智昏。我沉溺在美丽的肌肤散发的光芒之中，我让她的双乳挣脱掉里三层外三层的包裹，我一遍遍地沉溺于那坚挺、饱满与圆润之上，一遍遍地重复着肉欲欢愉的过程，有时候我们之间由引逗的前戏到致命的欢愉要花去一两个小时，我们在里屋的炕上，把各自的缺点和优点都暴露无遗，我们有时一边嘴里吃着东西，一边嘲弄着对方皮肤上的斑点，拿各自身体上的差别开玩笑。我沉迷在她的脸上的那对酒窝里，我像是染上了酒瘾，饱饮她的身体，饱饮她酒窝里的欢笑与娇媚，她撒娇的时候，她的身体会有一种格外馥郁的气息散发出来，像是来自遥远的异国他乡，来自大洋另外一端。

四

正在我们沉溺于共同欢愉的时候，女儿病了，发高烧，抽搐不止，口吐白沫，这是一种很复杂的脑部疾病，我带着她四处求医，病情在公署所在地的医院里很快得到控制，但这件事情让我不再敢热衷于和李米丽的肌肤之亲。我不敢，我畏惧、退缩，选择了回避与远离这个妖狐般魅人的女人。我宁愿把她视为普通的女青年，女护士，女团员，女小组长，我忌讳李米丽这个名字，她名字里的那个"丽"字，令我想到花朵、美食、好风景、好肉体所带来的一切欢愉，这于我是不合适的，这是一条通往罪孽、堕落、腐化的道路。

我带着痊愈的女儿回到家里，露齿而笑的妻子在照片上凝视着我，她的双眼像是火力十足的火炮，震撼我，轰毁了我，让我心碎、胆寒、羞耻得无地自容，我急于到里屋换掉那张罪恶的床单，抹杀掉上面的汗水和汁液可能有的痕迹。这个床单是个默默的见证者，让我想起过去的那些荒唐，想起两个肉体没日没夜暗地里交欢的细节。眼前的物质存在直接通往我的精神深渊，那原罪般的愉悦，带来的是如此深重的负罪感。

我是个不折不扣的胆小鬼。我总是试图将自己的失误归罪于幼稚、软弱与犹豫不决。曾经有几次，在我晚上无法入睡的时候，我想起自己这个教师的身份，我想起只比我大四五岁的李米丽父亲母亲。我们是老熟人，我们同在教育系统工作，我们在先进教师的合影里曾经站在同一排，我不能设想与他们的女儿同衾共枕，偷行鱼水之欢。我曾经在这个世界上扮演多种角色——丈夫、父亲、教师、老实人、先进工作者。妻子亡故，理论上是允许我进行新的生活道路设计的，但我陷入的这个关系显然不属于这样的"设计"，我不敢公开，更没有这个胆量，我对女青年李米丽的暂时性拒斥，即源于我深重的胆怯，道德观，羞耻感，想做正人君子的愿望倒在其次。我知道耳边有声音一次次提醒着我，让我无法飞翔于现实对我的要求之上，我是个社会人，我向来相信社会具有摧枯拉朽的力量，我断然不可能不去理会社会的约束——哪怕是鸡毛蒜皮的。

儿子再次生病，医院的注射室里，我再次遇到李米丽。"让我摸摸你的头，还咳嗽吗？想吃什么？有我在这儿呢，不要怕，也别不好意思，心里想什么就告诉我。"说这话的时候，女青年李米丽顺便瞟了我一眼，这一瞟让我脸红。她接着对儿子说，"我记得你爱吃麻糖，我还记得你爱吃面包，你们总不能老是吃炒面、焖面、捞面、揪面吧，等着，今天我给你捎些爱吃的东西"，她的眼睛有勾魂的魅力，她知道我在心里想什么，她并不刻意和我说话，她不想责备我，她只是盘旋在我的儿子身边，照顾他，应对他，兜着巨大的圈子，似乎很乐意为他做任何事情。

我此时心里不禁想，她依然会愿意回到那张床单上吗？她会怀念我们过去经历的那些荒唐吗？我们曾经在慌乱中了解彼此的身体，在最饥渴的时候满足彼此，无分昼夜，无问后果。我甚至就在这个场合里想到，我从来不想用那层结实的薄膜把自己武装起来，她也不强求于我，我有几次即将动用薄膜覆盖，却被陷入迷狂欣喜的她揪下来。我曾经感激她给予我的欢愉，我反复回味我们在一起那些无忧无虑的日子，尽管随后便是无尽的感伤、悔恨、沮丧，我不能否定，这欢愉是迷人的。我搞不明白，到底该尊重自己的感官，还是珍视自己敬畏的道德。

五

我说过自己是个软弱的人，我很长一段时间不敢去找李米丽，甚至不敢想起她。我怕这个女青年胸前那对柔软的小丘，我怕她脸上的那对小酒窝，我怕里面蓄满的醉人美酒。我本来就没有酒量，更没有胆量，没有与她同枕共眠的力量。我的感官张开了，但胆量边界模糊，我像个时时担心自己再度失误的人，战战兢兢。我失误已经够多了，我难以忘记，由于我的失误，我的软弱，我的缺乏约束，所酿成的大祸。我最怕给儿子女儿过生日，这些时间节点提醒着我，自己曾经铸下何等致命的大错，一次在1961年，一次在1963年。

呼和浩特红山口郊外的结核病院里，1961年夏秋，在一楼病区朝北的那间病房里，我曾经用自己发抖的手解开妻子身上的防护。我将自己的头扎进她那不再丰润的双乳间，眼噙真诚的泪水，呼吸沉重地盯牢自己将要进军的目标。她的躯体是我每次探望所首先瞄准的目标，像仙境，像美酒，像毒品，其次才是她泛着红润光晕的脸庞。在饭后，在见面最初的陌生完全解除后，我的双手变得灵活而充满动力。我一面巧舌如簧地说着她爱听的安慰话，一面得寸进尺地摸索着束缚和守卫她身体的那些装置。我潜意识里暗潮汹涌，一心想攻克她那迷人的堡垒。在我眼里，这些"装置"早已不再神秘，它们形同虚设，完全失去了卫护的功能，至少在脑海里，早已无数次将它们解除。

在我们声气相接的时候，彼此嘴里都有烧卖的味道。若干年之后，当后辈的后辈们看到这些文字的时候，他们或许会问，烧卖也叫烧麦、烧美、稍美吧？南方人或者说是武汉人称之为烧梅，比如全油烧梅之类。我从呼和浩特火车站前的一个早点铺里买了六个烧卖，我不舍得吃。老实说，我具有除情欲旺盛和怯懦之外几乎所有的优点——勤俭、克己、爱干活、富于同情心。我长途跋涉而来，只喝一碗粥，吃一碗面。阳光打在我的脸上，我愿将这味道不凡的烧卖作为见面礼献给妻子。出了早点铺，我的脚步急促，呼吸加重，我脑海里一遍遍地浮现出脱掉她衣物后的情形，我将自己的脸，贴在她双乳之间，一遍遍重温曾经刻骨铭心的如胶似漆。我仿佛呼吸到了她秀发里散发的幽香，她嘴里释放出来的雷米封、鱼肝油和维生素B_2、维生素B_3混合起来的味道。她的皮肤并不算白皙，但特别细腻特别纯正，没有一点杂质，她的乳房上的珍珠是好看的枣色，微带枣肉色的光晕，斑斑驳驳地佑卫着中间凸起的小珍珠。妻没有获得哺乳的资格，未曾得到孩子磨损，她双乳上的珍珠永远晶莹、美艳、高傲。在我的抚摸下，她身体起伏，最尖端的宝珠逐渐坚硬、温热、灼烧得像要爆裂。眼看手里的些微变化越来越明显，刺激和鼓动着我要燃烧起来，我像在炉火里淬炼得难以忍受，肿大、发烫、雀跃。

此时房门咚咚咚、咚咚咚响个不停，我们没有应答，脚步嗒嗒嗒离去了。给病房送药的是护士小吴。每次见到我，小吴脸上总是会浮现出复杂的神情：是嗔怒，是知道内情之后的鄙夷，还是接纳一切之后的不甘，我无法完全参透。未经绽放便不得不凋谢的青春，在她脸上留下了重重的痕迹，她将自己包得紧紧的，有一次我在接她递过来的药的时候不经意间触着了她的玉指，这手指最尖端的部分纤细晶莹透亮，相接之时，似乎雷雨交加，她美好的眼睛里射出温柔的光亮，似有默契，似有谅解，似有不甘。

伴随着小吴远去的脚步声，我决定继续行使对妻子的权利，是的，那种致命的，理直气壮的权利，我急切而不失时机地行使着，高傲地驾驭思维，支配肉体，横冲直撞，在这种不可以让渡的唯一权利面前，妻违背医嘱，屈服于我，只是她那锐利的目光直接射入我的内心，让我无法躲避。

妻的衣服无论内外，永远干干净净，散发着她的体香，有种无畏无忧无虑的莽撞，似乎经受过森林的洗礼，经过大海波涛的冲刷，她的目光里有歌吟，有温情，有即将被唤起的渴望，有瞪羚目光中那种最纯粹的柔软和细腻。

屋子暗下来了，时间一秒秒地流逝，当我解除了自己所有的束缚，当她的所有防线即将被攻克的时候，她曾经用力推我，拒斥我，她是想战胜自己的屈服，但她的每一次努力注定都无法成功，甚至，她未及抗拒即已投降，未及推辞即已屈服，久旱之后的甘露，久别之后的喜悦，导致两个年轻生命陷入不可避免的对彼此肉体的贪婪。

　　湖水来了又退去，涨潮、退潮，再涨潮、再退潮，如此循环往复，她惊异于我让她到达快乐巅峰的能力，赞叹我甜言蜜语的称心如意，惊异于我张弛有度的游刃有余。她睁着像周璇那样迷人的眼睛，高贵、迷离而单纯，单纯、澄明而透亮。她的身体是小麦色的，除了乳晕的枣色，像是点缀了一点点的亮色。她事后卷曲起来的身形像一朵成熟的向日葵，她白色的针织内裤里有一点墨水干枯之后的亮点，似乎永远无法褪色。而她的双足，在还没有来得及套上白色短袜的时候，并列在一起，像等待我的摩挲。我喜欢她完美无缺，如羚羊挂角般的双脚，我经常搂在怀里，细细审视脚底的褶皱，观察脚趾间透过的光亮，嗅吸那类似麦穗的味道。

　　相较于她双脚的玲珑剔透，妻的手却有些粗大，手掌大大的，十指长长的，指甲莽撞地鼓着，指关节凸出，这也许就是她写字偏大，花钱大方的原因吧。她不喜欢，也不善于做针线活，除了打毛衣和纺毛线，几乎不会做别的什么更细致的针线活，难道她潜意识中不想做个相夫教子的人，命运便赐予她病弱的身体？婚后她大部分时间过着遵医嘱的生活，被妥妥地安排在结核病院，于寂寞、分离和孤独中苦苦煎熬。在我数次造访结核病院后，妻子写信说她怀孕了，这是一种致命的孕育，第一个孩子的出生一举摧毁妻子健康的最后防线。然而，1962年，我们重蹈覆辙，我一次次造访红山口，我一次次解除她的衣装。

为此，我永远不能原谅自己。虽然我在这个世界上拥有了自己的血脉——却是以妻子的生命为代价。

我忍受不了丧妻之后的寂寞，但我更不能经受人格的撕裂。我夜里睡不踏实，一次居然在梦里看到"女青年"朝我走过来。她瞪着大眼看着我。我问她为什么手里拎个提包啊，装的是什么，她让我亲手拉开提包的拉锁。

提包被拉开，一只鸽子从里面飞出来，这是一只灰色的鸽子，眼睛瞪得圆圆的，深红色的嘴，爪子乌黑粗壮，很漂亮很威风，令我意想不到的是，它的两颊上，居然各长着一个小小的酒窝。

今天就讲到这里吧，我已经不在人世了，所有故事都可以毫无保留地讲给你听——只要你有兴趣和时间。

后　记

大约在大学时代的后期，我的一位长辈问我，你学中文难道就不是为了写出作品来吗？我懂，他说的"作品"，就是小说、散文、诗歌之类，但说实话，我当时的想法是做个文学研究者，没有把接受的中文系教育理解为文学创作教育，我国整个中文系教育的偏差恰在这里。一个国家的文学教育体系里，到底研究重要，还是创作重要？比例怎么摆才合适？我认为还是创作重要，现在开始的纠偏，如在中文系设创意写作，是极必要的。我在从事短时间的评论之后，蓦然回首，觉得还是应该搞些创作，即使从更好理解作品的角度而言，也应该做些尝试。好像李健吾先生就曾经说过，搞评论的人写写作品才能更好地评论，诚哉斯言。不管小说还是散文，都让我抵达了一个个富于创造的境界，我不必像评论一个作品那样，由别人的作品踏入自己的领地。我从构思到实现，都是从自己出发，虽然也会重复自己，至少避免重复别人。

文学写作带来的，是眼界的开阔，思维的活跃，实现与未实现，只取决于你。

我很长一段时间内没有设想过创作文学作品，开了一个头，知道前面的路还很长。人类在文学上已经树立了那么多的标杆，跨越很难，我不指望跨越，只是为自己开一条新路而已。能够留下一些值得纪念的痕迹，就是很好的结果了，而且，结果与过程相比毕竟是次要的，重要的是我在创作过程中遇到了许多支持、鼓励和诚意，这让我倍感温暖。

2021年4月3日下午

季亚娅

守门人：代印象记

那书页纷飞如振翅的鸽群……我宁愿和你居于纸上。

校书郎：《文学共和国》

一

引文出自杜撰。来自对梁鸿鹰《岁月的颗粒》这本散文集优美而整饬的形式感的喜欢和模仿。

是的作为编辑，对作者强烈而深刻的印象，往往先来自于这个人的文章。文在人先的时候，文字就像一柄遥望镜，或风吹过午后波光粼粼的湖面，传递出这个人的气质，偏好，语调声腔。第一次编辑梁鸿鹰老师的散文，是2016年的那一组《安放自我》。这一年首届琦君散文奖颁奖词这样说："出入生活，深潜生命，梁鸿鹰的《安放自我》堪称典范。自我很大程度由记忆构成，安顿记忆就是安顿自我，'安放'一词像一道光打在由语言构造的事物上，让人想起伦勃朗的画，无论明与暗都是时光，这光从生命最初的来处，指向文学的神秘归途。这光使最普通的事物具有了秩序与神性。"这一组从时光深处生长出来的文字，老去的儿子慢慢长成"父亲"的样子，姥姥庇护着最初的温暖与记忆，用以抵挡那"世界上最寒冷的早晨"，丈夫在给弥留的妻子梳头，儿子在给母舅亲人报信；你用回忆固执地抵挡离别，抵挡去者日以疏的命定。这一切让你难过，抛下书本想起自己和其他人类相同的处境与相似的分离。

请注意这些引文，这些篇首的引文构成一种节奏、一支安置情绪与记忆的锚，类似乐队演奏前的调音与定调。它当然是一种"安放自我"的隐喻，因为这些旁人的文字，因为有阅读的前史，我们能更平和从容地处理个人经验，不会让无限大的自我遮蔽认知视野，也更容易在比较的参照系里理清自我的来路和去处；也因为有阅读，我们就和这凡尘俗世、案牍劳形的日常划开了距离，是的这位写作者公务烦冗，这种文体类似古代士大夫的书写，它的曲折和细密，像是本事之于李商隐，典故之于辛弃疾。这些引文还常常是多调性的和多义的，写作者似乎在说，我将要写下的这些经验的片段、这些"时间的颗粒"，可以从各个角度来排列组合和对应阅读，写作者鼓励一种非沉浸式的、更辽阔的、复杂的阅读方式。与一般的回忆散文不同，这种方式必定划定出理想读者与一般读者，它是一种教养的阶梯，即我不仅是在我的经验与语言里分享我的处境，它还必然是、只能是在全人类共同文学处境里的悲欢。它类似于一种小书目，一种教师般的分享，顺着我阅读视野里的图书馆，被我感召的读者可以与世界文学中其他伟大灵魂相遇。

请注意这种当代用典的方式。这些高度书卷气、极富教养的文字表达，从形式到内容都是深受翻译体影响的雅致汉语。这些来自世界各地的翻译文字，从俄苏古典文学到古希腊哲学再到当代法国理论与美国文学，熟悉80年代以来译介风潮的读者当有会心。不是卡佛也不是齐泽克，这些引文与当下更流行的翻译文字区分开来，有种泛黄的淡定的老派气息，仿佛80年代"再启蒙"的正午时刻那炫目之光遗留下来的光晕。这是深受80年代外国文艺滋养的一代人。那些年相伴相随的外国文艺，构成许多心照不宣的审美与心智的认同时刻，这也是一种"岁月的颗粒"。如果阅读是一种邀约，审美的门槛则拉开亲和之外的另一种距离。这优美的精密的文字使你肃然，使你知耻而后勇，使你知道纸上的"文学共和国"有它智力的和美学的标准。

还是2016，我扛着琦君散文奖的奖品，一只温州琦君故里的青瓷花觚，叩开作家出版大楼6层总编辑办公室的门，送上这份组委会的托付与褒奖，那是他公事羁绊缺席颁奖式而委托责编代领的。梁老师邀我聊了一会儿天，聊天内容已经完全不记得了，只记得当我在沙发上坐下，露出衣裙下的双脚时，突然想起他《到底能走多远》里写到的各种古今中西"脚的故事"，立刻缩手缩脚，自觉地把后跟脱了块漆、有点儿斑驳的高跟鞋朝沙发深处藏了藏。他当然是洞悉和强忍笑意的。

嗯见师长么，要正文字，整衣冠。

二

他1980年上大学。

在我心中，70年代末80年代初最初恢复高考那几届大学生，是当代中国最接近理想知识分子的一群人。那是一个民族积攒了十余年的精华、企盼与激情于一朝迸发。他们在大历史的变动与激荡中几度起落，在行动中求知，知世情而了解底层。他们很少有后来某些学院精英"何不食肉糜"式的凌空虚蹈。务实、勤奋、坚韧。他们身上有我称之为知识分子最核心能力的洞察力。

梁鸿鹰的求学和职业经历，是四十年前教育改革的一个缩影，也是改革开放以来文学体制的一个缩影。这四十年里，梁鸿鹰由大学老师进而中宣部文艺局，进而作协创研部，进而《文艺报》总编辑，可以说是我们称之为"当代文学"或"新时期"文学体制的内在参与者，从这个新的文学话语体系的学生与教师，到文学政策的参与制定者和执行者，再成为80年代以来中国当代文学的见证者与同行人。他的身上长着半部当代文学史。

理解这样一位人物，当然不能仅仅从文本，而必须从事功、从人和历史的细节钩沉、从文学现场的具体语境，去理解他的坚守，他平和之中的坚硬，他对历史传承的责任，以及基于传承的守正创新。不是没有过挫折，我未感受到他的怨天尤人，反而在一个接一个的工作实绩中读出他的淡泊、行动力与决心。文艺气旋的中心容不下小布尔乔亚式的脆弱与消沉。

也许还有隐秘的文化因素。我注意到，你记录的那枚小小的"邮票"——那座边地小城，很少"革命"气息的侵扰；你本人也并非经历过革命理想从沸腾到幻灭的"知青"一代。相反，宗教对这座边地小城、这个家族的成员产生了潜移默化的影响。与人为善的与世界相处的方式，下意识自我反省的诚实习惯，这使得你的气质远离激烈偏执而平和坚韧，你习惯用旁观者的眼光打量舞台中心，克制自我感动与抒情式的表演。你有着洞穿浮名功利的清亮的眼神。

我是自己成为文学从业者之后才理解这些的。他早年有两支笔，一支是文学批评，一支是翻译和外国文学介绍，近年又在各大文学杂志撰写散文专栏。当代文学内部的各种形式他都在探索、尝试。我甚至想，如果把他各种文体的作品编辑成一张报纸，是不是各个栏目由他一人统揽就足够了？从一个人身上分身出一群人，这还真是一位总编辑风格的写作方式，创新，多元，包容，可信赖，总体视野。

他是这纸上"文学共和国"的守门人。

三

他有一群1980年以后出生的朋友。

晓晨，阿曼，子钰，翩翩，尚恩，行超……《文艺报》这些年轻的记者编辑，是我见到的最没有媒体江湖习气、最具理想主义特征的一群媒体人；他们精神状态自由舒展不卑不亢，没有对权力或名声高位的追捧和媚态，对"小人物"和"小地方"也颇有点"齐物论"的平和真诚，可以想象他们遇到了怎样宽厚、平等、无拘无束的工作环境。当然他们也有可爱的小资产阶级自由率性，据说他们的梁总某次对《十月》杂志的陈东捷主编抱怨，我每天早上准点上班等着他们来，经常楼里就我一人，打电话求他们开会；东捷主编说，对啊对啊！梁总又说，我的指示他们经常咚咚咚跑过来怼，你说得不对要按我的来；东捷主编说，是啊是啊！两位领导互倒苦水，互认知音。

这些才华横溢的年轻人，从经典的外国文艺和理论批评版块，到最近两年"新力量"和"凤凰书评"，版面做得是风生水起，拳脚大开，当然离不开背后支持者如山的胸怀和如海的滋养。还不止于此，我说的是一份七十年的老报纸，它的总编辑和他率领的团队，依然葆有年轻而朝气蓬勃的精神力和创造力。常与变之间分寸的把握，守境与越界之间的想象力空间，才是考较守门人眼界、胸怀和功力的地方。小朋友们告诉我，他们的梁总出生于六一儿童节，是一位不折不扣的双子座，工作中的各种创新念头比他们还多，每件事能想出八个不同主意。

这真让我大跌眼镜。这个人明明干着摩羯座的工作量，文章还写得像处女座啊！这个人如何能同时兼顾规矩和脑洞、守成和创新？但不久又遇到另一件吃惊的事。大家公认，他的外形和文风是高度统一的，皎洁如朗月清霜，挺秀如高山松柏，端正笔挺的仪态堪比他翻译文本里的旧贵族，什么时候见他俯身折腰啊？2020年末某次青年工作委员会召开武林大会，我记得主题是讨论《文艺报》的创新，他是我们这一组的主持人。会议从上午开到下午。不知什么时候主持人离席了，旁座捅了捅我的胳膊，示意我朝后看，只见我们的梁总，正俯身低头逐字逐句校改大男孩记者的会议报道，男孩捧台笔记本电脑端坐，他弯腰站着，一只手扶在后腰，一只手在屏幕上指读比画，冬日午后的斜阳将两人罩在淡金色的光束里……

正是俯首只为孺子，如兄如父，亦师亦友。

我想起了他笔下的父子关系，那只有到暮年，才能理解的"用力过猛，效益极低"的中国式父爱。对这些孩子，他的灵魂深处藏着一位掏心掏肺、手把手教的老父亲。这些未来的文学守门人，也许正在厌烦父辈的唠叨与叮咛，对他们将要遭遇的责任与考验，对被选中的命运尚有天真未凿的未知与懵懂。一切留给时间吧，他们将拥有他们的"岁月的颗粒"。

转眼到了2021年。新年某位小朋友拉着我和他们梁总一起吃羊蝎子火锅。蒸汽欢腾中，梁总彻底暴露出双子座好奇宝宝本性，从男朋友到房租到服装潮牌包打听了个遍。这又像是那座边地小城里长辈关爱年轻人的方式。说好的长幼秩序和规矩呢？我边震惊边啃掉第五块羊蝎子。"季亚娅你还真能吃啊！再加两斤羊尾骨！"梁总皱着眉喊服务员。什么，还会缩脚藏鞋不？我正撸起袖子啃得汁水四溅连手都顾不上擦。

图书在版编目 (CIP) 数据

散装时间 / 梁鸿鹰著. — 北京：北京
十月文艺出版社，2023.9
ISBN 978-7-5302-2217-1

Ⅰ. ①散… Ⅱ. ①梁… Ⅲ. ①短篇小说—小说集—中
国—当代 Ⅳ. ①I247.7

中国版本图书馆 CIP 数据核字 (2021) 第 246978 号

散装时间
SANZHUANG SHIJIAN
梁鸿鹰　著

出　　版　北 京 出 版 集 团
　　　　　北京十月文艺出版社
地　　址　北京北三环中路 6 号
邮　　编　100120
网　　址　www.bph.com.cn
发　　行　新经典发行有限公司
　　　　　电话 010-68423599
经　　销　新华书店
印　　刷　北京盛通印刷股份有限公司
版　　次　2023 年 10 月第 1 版
印　　次　2023 年 10 月第 1 次印刷
开　　本　880 毫米 × 1230 毫米　1/32
印　　张　7.75
字　　数　130 千字
书　　号　ISBN 978-7-5302-2217-1
定　　价　58.00 元
如有印装质量问题，由本社负责调换
质量监督电话　010-58572393